新装版

注《ちゅう》文《もん》の多《おお》い料《りょう》理《り》店《てん》

宮沢《みやざわ》賢治《けんじ》童《どう》話《わ》集《しゅう》 1

宮沢賢治／作　太田大八／絵

もくじ

星《ほし》めぐりの歌《うた》

あかいめだまの　さそり
ひろげたわしの　つばさ
あおいめだまの　小《こ》いぬ
ひかりのへびの　とぐろ

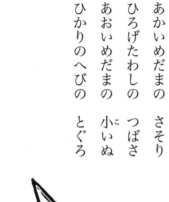

オリオンは高《たか》く　うたい
つゆとしもとを　おとす
アンドロメダの　くもは
さかなのくちの　かたち

大《おお》ぐまのあしを　きたに
五つのばした　ところ
小《こ》ぐまのひたいの　うえは
そらのめぐりの　めあて

注文《ちゅうもん》の多《おお》い料理店《りょうりてん》

ふたりのわかい紳士《しんし》が、すっかりイギリスの兵隊《へいたい》のかたちをして、ぴかぴかする鉄砲《てっぽう》をかついで、白《しろ》くまのような犬《いぬ》を二ひきつれて、だいぶ山《やま》おくの、木《き》の葉《は》のかさかさしたとこを、こんなことをいいながら、あるいておりました。

「ぜんたい、ここらの山《やま》はけしからんね。鳥《とり》もけものも一ぴきもいやがらん。なんでもかまわないから、はやくタンタアーンと、やってみたいもんだなあ。」

「しかの黄《き》いろな横《よこ》っ腹《ぱら》なんぞに、二、三発《ぱつ》おみまいもうしたら、ずいぶん痛快《つうかい》だろうねえ。くるくるまわって、それからどたっとたおれるだろうねえ。」

それはだいぶの山《やま》おくでした。案内《あんない》してきた専門《せんもん》の鉄砲打《てっぽうう》ちも、ちょっとまごついて、どこかへいってしまったくらいの山《やま》おくでした。

それに、あんまり山《やま》がものすごいので、その白《しろ》くまのような犬《いぬ》が、二ひきいっしょにめまいをおこして、しばらくうなって、それからあわをはいて死《し》んでしまいました。

「じつにぼくは、二千四百円《えん》の損害《そんがい》だ。」とひとりの紳士《しんし》が、その犬《いぬ》のまぶたを、ちょっとかえしてみていいました。

「ぼくは二千八百円《えん》の損害《そんがい》だ。」と、もひとりが、くやしそうに、あたまをまげていいました。

はじめの紳士《しんし》は、すこし顔《かお》いろをわるくして、じっと、もひとりの紳士《しんし》の、顔《かお》つきを見《み》ながらいいました。

「ぼくはもうもどろうとおもう。」

「さあ、ぼくもちょうど寒《さむ》くはなったし腹《はら》はすいてきたしもどろうとおもう。」

「そいじゃ、これできりあげよう。なあにもどりに、きのうの宿屋《やどや》で、山鳥《やまどり》を十円《えん》も買《か》って帰《かえ》ればいい。」

「うさぎもでていたねえ。そうすればけっきょくおんなじこった。では帰《かえ》ろうじゃないか。」

ところがどうもこまったことは、どっちへいけばもどれるのか、いっこうけんとうがつかなくなっていました。

風《かぜ》がどうとふいてきて、草《くさ》はざわざわ、木《き》の葉《は》はかさかさ、木《き》はごとんごとんと鳴《な》りました。

「どうも腹《はら》がすいた。さっきから横《よこ》っ腹《ぱら》がいたくてたまらないんだ。」

「ぼくもそうだ。もうあんまりあるきたくないな。」

「あるきたくないよ。ああこまったなあ、なにか食《た》べたいなあ。」

「食《た》べたいもんだなあ。」

ふたりの紳士《しんし》は、ざわざわ鳴《な》るすすきのなかで、こんなことをいいました。

そのときふとうしろを見《み》ますと、りっぱな一けんの西洋《せいよう》づくりのうちがありました。

そして玄関《げんかん》には、

という札《ふだ》がでていました。

「きみ、ちょうどいい。ここはこれでなかなかひらけてるんだ。はいろうじゃないか。」

「おや、こんなとこにおかしいね。しかしとにかくなにか食事《しょくじ》ができるんだろう。」

「もちろんできるさ。かんばんにそう書《か》いてあるじゃないか。」

「はいろうじゃないか。ぼくはもうなにか食《た》べたくてたおれそうなんだ。」

ふたりは玄関《げんかん》に立《た》ちました。玄関《げんかん》は白《しろ》いせとのレンガでくんで、じつにりっぱなもんです。

そしてガラスのひらき戸《ど》がたって、そこに金文字《きんもじ》でこう書《か》いてありました。

「どなたもどうかおはいりください。けっしてごえんりょはありません。」

ふたりはそこで、ひどくよろこんでいいました。

「こいつはどうだ、やっぱり世《よ》のなかはうまくできてるねえ、きょう一日《にち》なんぎしたけれど、こんどはこんないいこともある。このうちは料理店《りょうりてん》だけれどもただでごちそうするんだぜ。」

「どうもそうらしい。けっしてごえんりょはありませんというのはその意味《いみ》だ。」

ふたりは戸《と》をおして、なかへはいりました。そこはすぐろうかになっていました。そのガラス戸《ど》のうらがわには、金文字《きんもじ》でこうなっていました。

「ことにふとったおかたやわかいおかたは、大《だい》かんげいいたします。」

ふたりは大《だい》かんげいというので、もう大《おお》よろこびです。

「きみ、ぼくらは大《だい》かんげいにあたっているのだ。」

「ぼくらは両方《りょうほう》かねてるから。」

ずんずんろうかを進《すす》んでいきますと、こんどは水《みず》いろのペンキぬりの扉《と》がありました。

「どうもへんなうちだ。どうしてこんなにたくさん扉《と》があるのだろう。」

「これはロシア式《しき》だ。寒《さむ》いとこや山《やま》のなかはみんなこうさ。」

そしてふたりはその扉《と》をあけようとしますと、上《うえ》に黄《き》いろな字《じ》でこう書《か》いてありました。

「当軒《とうけん》は注文《ちゅうもん》の多《おお》い料理店《りょうりてん》ですからどうかそこはごしょうちください。」

「なかなかはやってるんだ。こんな山《やま》のなかで。」

「それあそうだ。見《み》たまえ、東京《とうきょう》の大《おお》きな料理屋《りょうりや》だって大通《おおどお》りにはすくないだろう。」

ふたりはいいながら、その扉《と》をあけました。するとそのうらがわに、

「注文《ちゅうもん》はずいぶん多《おお》いでしょうがどうかいちいちこらえてください。」

「これはぜんたいどういうんだ。」ひとりの紳士《しんし》は顔《かお》をしかめました。

「うん、これはきっと注文《ちゅうもん》があまり多《おお》くてしたくがてまどるけれどもごめんくださいとこういうことだ。」

「そうだろう。はやくどこかへやのなかにはいりたいもんだな。」

「そしてテーブルにすわりたいもんだな。」

ところがどうもうるさいことは、また扉《と》が一つありました。そしてそのわきに鏡《かがみ》がかかって、その下《した》には長《なが》い柄《え》のついたブラシがおいてあったのです。

扉《と》には赤《あか》い字《じ》で、

「お客《きゃく》さまがた、ここで髪《かみ》をきちんとして、それからはきもののどろを落《お》としてください。」

と書《か》いてありました。

「これはどうももっともだ。ぼくもさっき玄関《げんかん》で、山《やま》のなかだとおもって見《み》くびったんだよ。」

「作法《さほう》のきびしいうちだ。きっとよほどえらい人《ひと》たちが、たびたびくるんだ。」

そこでふたりは、きれいに髪《かみ》をけずって、くつのどろを落《お》としました。

そしたら、どうです。ブラシを板《いた》の上《うえ》におくやいなや、そいつがぼうっとかすんでなくなって、風《かぜ》がどうっとへやのなかにはいってきました。

ふたりはびっくりして、たがいによりそって、扉《と》をがたんとあけて、次《つぎ》のへやへはいっていきました。はやくなにかあたたかいものでも食《た》べて、元気《げんき》をつけておかないと、もうとほうもないことになってしまうと、ふたりとも思《おも》ったのでした。

扉《と》のうちがわに、またへんなことが書《か》いてありました。

「鉄砲《てっぽう》とたまをここへおいてください。」

見《み》るとすぐ横《よこ》に黒《くろ》い台《だい》がありました。

「なるほど、鉄砲《てっぽう》を持《も》ってものを食《く》うという法《ほう》はない。」

「いや、よほどえらい人《ひと》がしじゅうきているんだ。」

ふたりは鉄砲《てっぽう》をはずし、帯皮《おびかわ》をといて、それを台《だい》の上《うえ》におきました。

また黒《くろ》い扉《と》がありました。

「どうかぼうしと外套《がいとう》とくつをおとりください。」

「どうだ、とるか。」

「しかたない、とろう。たしかによっぽどえらい人《ひと》なんだ。おくにきているのは。」

ふたりはぼうしとオーバコートをくぎにかけ、くつをぬいでぺたぺたあるいて扉《と》のなかにはいりました。

扉《と》のうらがわには、

「ネクタイピン、カフスボタン、めがね、さいふ、その他金物類《たかなものるい》、ことにとがったものは、みんなここにおいてください。」

と書《か》いてありました。扉《と》のすぐ横《よこ》には黒《くろ》ぬりのりっぱな金庫《きんこ》も、ちゃんと口《くち》をあけておいてありました。かぎまでそえてあったのです。

「ははあ、なにかの料理《りょうり》に電気《でんき》をつかうとみえるね。金気《かなけ》のものはあぶない。ことにとがったものはあぶないということだろう。」

「そうだろう。してみるとかんじょうは帰《かえ》りにここではらうのだろうか。」

「どうもそうらしい。」

「そうだ。きっと。」

ふたりはめがねをはずしたり、カフスボタンをとったり、みんな金庫《きんこ》のなかにいれて、ぱちんと錠《じょう》をかけました。

すこしいきますとまた扉《と》があって、その前《まえ》にガラスのつぼが一つありました。扉《と》にはこう書《か》いてありました。

「つぼのなかのクリームを顔《かお》や手足《てあし》にすっかりぬってください。」

みるとたしかにつぼのなかのものは牛乳《ぎゅうにゅう》のクリームでした。

「クリームをぬれというのはどういうんだ。」

「これはね、外《そと》がひじょうに寒《さむ》いだろう。へやのなかがあんまりあたたかいとひびがきれるから、その予防《よぼう》なんだ。どうもおくには、よほどえらい人《ひと》がきている。こんなところで、あんがいぼくらは、貴族《きぞく》とちかづきになるかもしれないよ。」

ふたりはつぼのクリームを、顔《かお》にぬって手《て》にぬってそれからくつしたをぬいで足《あし》にぬりました。それでもまだのこっていましたから、それはふたりともめいめいこっそり顔《かお》へぬるふりをしながら食《た》べました。

それから大《おお》いそぎで扉《と》をあけますと、そのうらがわには、

「クリームをよくぬりましたか、耳《みみ》にもよくぬりましたか。」

と書《か》いてあって、ちいさなクリームのつぼがここにもおいてありました。

「そうそう、ぼくは耳《みみ》にはぬらなかった。あぶなく耳《みみ》にひびをきらすところだった。ここの主人《しゅじん》はじつに用意周到《よういしゅうとう》だね。」

「ああ、こまかいとこまでよく気《き》がつくよ。ところでぼくははやくなにか食《た》べたいんだが、どうもこうどこまでもろうかじゃしかたないね。」

するとすぐその前《まえ》に次《つぎ》の扉《と》がありました。

「料理《りょうり》はもうすぐできます。

十五分《ふん》とお待《ま》たせはいたしません。

すぐたべられます。

はやくあなたの頭《あたま》にびんのなかの香水《こうすい》をよくふりかけてください。」

そして扉《と》の前《まえ》には金《きん》ピカの香水《こうすい》のびんがおいてありました。

ふたりはその香水《こうすい》を、頭《あたま》へぱちゃぱちゃふりかけました。

ところがその香水《こうすい》は、どうも酢《す》のようなにおいがするのでした。

「この香水《こうすい》はへんに酢《す》くさい。どうしたんだろう。」

「まちがえたんだ。下女《げじょ》がかぜでもひいてまちがえていれたんだ。」

ふたりは扉《と》をあけてなかにはいりました。

扉《と》のうらがわには、大《おお》きな字《じ》でこう書《か》いてありました。

「いろいろ注文《ちゅうもん》が多《おお》くてうるさかったでしょう。お気《き》のどくでした。もうこれだけです。どうかからだじゅうに、つぼのなかの塩《しお》をたくさんよくもみこんでください。」

なるほどりっぱな青《あお》いせとの塩《しお》つぼはおいてありましたが、こんどというこんどはふたりともぎょっとしておたがいにクリームをたくさんぬった顔《かお》を見《み》あわせました。

「どうもおかしいぜ。」

「ぼくもおかしいとおもう。」

「たくさんの注文《ちゅうもん》というのは、むこうがこっちへ注文《ちゅうもん》してるんだよ。」

「だからさ、西洋料理店《せいようりょうりてん》というのは、ぼくの考《かんが》えるところでは、西洋料理《せいようりょうり》を、きた人《ひと》にたべさせるのではなくて、きた人《ひと》を西洋料理《せいようりょうり》にして、食《た》べてやるうちとこういうことなんだ。これは、その、つ、つ、つ、つまり、ぼ、ぼ、ぼくらが……。」

がたがたがたがた、ふるえだしてもうものがいえませんでした。

「その、ぼ、ぼくらが、……うわあ。」

がたがたがたがたふるえだして、もうものがいえませんでした。

「にげ……。」がたがたしながらひとりの紳士《しんし》はうしろの扉《と》をおそうとしましたが、どうです、扉《と》はもう一分《ぶ》も動《うご》きませんでした。

おくのほうにはまだ一まい扉《と》があって、大《おお》きなかぎあなが二つつき、銀《ぎん》いろのフォークとナイフの形《かたち》が切《き》りだしてあって、

「いや、わざわざご苦労《くろう》です。

たいへんけっこうにできました。

さあさあおなかにおはいりください。」

と書《か》いてありました。おまけにかぎあなからはきょろきょろ二つの青《あお》い目玉《めだま》がこっちをのぞいています。

「うわあ。」がたがたがたがた。

「うわあ。」がたがたがたがた。

ふたりは泣《な》きだしました。

すると扉《と》のなかでは、こそこそこんなことをいっています。

「だめだよ。もう気《き》がついたよ。塩《しお》をもみこまないようだよ。」

「あたりまえさ。親分《おやぶん》の書《か》きようがまずいんだ。あすこへ、いろいろ注文《ちゅうもん》が多《おお》くてうるさかったでしょう、お気《き》のどくでしたなんて、まぬけたことを書《か》いたもんだ。」

「どっちでもいいよ。どうせぼくらには、骨《ほね》も分《わ》けてくれやしないんだ。」

「それはそうだ。けれどももしここへあいつらがはいってこなかったら、それはぼくらの責任《せきにん》だぜ。」

「よぼうか、よぼう。おい、お客《きゃく》さんがた、はやくいらっしゃい。いらっしゃい。いらっしゃい。おさらもあらってありますし、なっぱももうよく塩《しお》でもんでおきました。あとはあなたがたと、なっぱをうまくとりあわせて、まっ白《しろ》なおさらにのせるだけです。はやくいらっしゃい。」

「へい、いらっしゃい、いらっしゃい。それともサラドはおきらいですか。そんならこれから火《ひ》をおこしてフライにしてあげましょうか。とにかくはやくいらっしゃい。」

ふたりはあんまり心《こころ》をいためたために、顔《かお》がまるでくしゃくしゃの紙《かみ》くずのようになり、おたがいにその顔《かお》を見《み》あわせ、ぶるぶるふるえ、声《こえ》もなくなきました。

なかではふっふっとわらってまたさけんでいます。

「いらっしゃい、いらっしゃい。そんなにないてはせっかくのクリームがながれるじゃありませんか。へい、ただいま。じきもってまいります。さあ、はやくいらっしゃい。」

「はやくいらっしゃい。親方《おやかた》がもうナフキンをかけて、ナイフをもって、舌《した》なめずりして、お客《きゃく》さまがたを待《ま》っていられます。」

ふたりは泣《な》いて泣《な》いて泣《な》いて泣《な》いて泣《な》きました。

そのときうしろからいきなり、

「わん、わん、ぐゎあ。」という声《こえ》がして、あの白《しろ》くまのような犬《いぬ》が二ひき、扉《と》をつきやぶってへやのなかにとびこんできました。かぎあなの目玉《めだま》はたちまちなくなり、犬《いぬ》どもはううとうなってしばらくへやのなかをくるくるまわっていましたが、また一声《ひとこえ》、

「わん。」と高《たか》くほえて、いきなり次《つぎ》の扉《と》にとびつきました。扉《と》はがたりとひらき、犬《いぬ》どもはすいこまれるようにとんでいきました。

その扉《と》のむこうのまっくらやみのなかで、

「にゃあお、くゎあ、ごろごろ。」という声《こえ》がして、それからがさがさ鳴《な》りました。

へやはけむりのように消《き》え、ふたりは寒《さむ》さにぶるぶるふるえて、草《くさ》のなかに立《た》っていま

した。

みると、上着《うわぎ》やくつやさいふやネクタイピンは、あっちのえだにぶらさがったり、こっちの根《ね》もとにちらばったりしています。風《かぜ》がどうとふいてきて、草《くさ》はざわざわ、木《き》の葉《は》はかさかさ、木《き》はごとんごとんと鳴《な》りました。

犬《いぬ》がふうとうなってもどってきました。

そしてうしろからは、

「だんなあ、だんなあ。」とさけぶものがあります。

ふたりはにわかに元気《げんき》がついて、

「おおい、おおい、ここだぞ、はやくこい。」とさけびました。

みのぼうしをかぶった専門《せんもん》のりょうしが、草《くさ》をざわざわ分《わ》けてやってきました。

そこでふたりはやっと安心《あんしん》しました。

そしてりょうしのもってきただんごを食《た》べ、とちゅうで十円《えん》だけ山鳥《やまどり》をかって東京《とうきょう》に帰《かえ》りました。

しかし、さっきいっぺん紙《かみ》くずのようになったふたりの顔《かお》だけは、東京《とうきょう》に帰《かえ》っても、お湯《ゆ》にはいっても、もうもとのとおりになおりませんでした。

鳥箱先生《とりばこせんせい》とフウねずみ

あるうちに一つの鳥《とり》かごがありました。

鳥《とり》かごというよりは、鳥箱《とりばこ》というほうが、よくわかるかもしれません。それは、天《てん》じょうと、底《そこ》と、三方《ぽう》のかべとが、むやみに厚《あつ》い板《いた》でできていて、正面《しょうめん》だけが、はりがねのあみでこさえた戸《と》になっていました。

そして小《ちい》さなガラスのまどが横《よこ》のほうについていました。ある日《ひ》いっぴきの子《こ》どものひよどりがそのなかに入《い》れられました。ひよどりは、そんなせまい、くらいところへ入《い》れられたので、いやがってバタバタバタバタしました。

鳥《とり》かごは、さっそく、

「バタバタいっちゃいかん。」といいました。ひよどりは、それでも、まだ、バタバタし

ていましたが、つかれてうごけなくなると、こんどは、おっかさんの名《な》をよんで、泣《な》きました。鳥《とり》かごは、さっそく、

「泣《な》いちゃいかん。」といいました。このとき、とりかごは、きゅうに、ははあおれは先《せん》生《せい》なんだなと気《き》がつきました。なるほど、そう気《き》がついてみると、小《ちい》さなガラスのまどは、鳥《とり》かごの顔《かお》、正面《しょうめん》のあみ戸《ど》が、りっぱなチョッキというわけでした。いよいよそうきまってみると、鳥《とり》かごは、もう、一分《ぷん》もじっとしていられませんでした。そこで、

「おれは先生《せんせい》なんだぞ。鳥箱先生《とりばこせんせい》というんだぞ。おまえを教育《きょういく》するんだぞ。」といいました。ひよどりもしかたなく、それからは、鳥箱先生《とりばこせんせい》とよんでいました。

けれども、ひよどりは、先生《せんせい》を大《だい》きらいでした。毎日《まいにち》、じっと先生《せんせい》の腹《はら》のなかにいるのでしたが、もう、それを見《み》るのもいやでしたから、いつも目《め》をつぶっていました。目《め》をつぶっても、もしか、ひょっと、先生《せんせい》のことを考《かんが》えたら、もうむねがわるくなるのでした。ところが、そのひよどりは、あるとき、七日《なのか》というもの、一《ひと》つぶのあわももらいませんでした。みんなわすれていたのです。そこで、もうひもじくって、ひもじくって、とうとう、くちばしをパクパクさせながら、死《し》んでしまいました。鳥箱先生《とりばこせんせい》も、

「ああ、あわれなことだ。」といいました。そのつぎにきたひよどりの子《こ》どもも、ちょうどそのとおりでした。ただ、その死《し》に方《かた》が、すこしかわっていただけです。それはくさった水《みず》をもらったために、赤痢《せきり》になったのでした。

そのつぎにきたひよどりの子《こ》どもは、あんまり空《そら》や林《はやし》がこいしくて、とうとう、胸《むね》がつまって死《し》んでしまいました。

四番《ばん》めのは、先生《せんせい》がある夏《なつ》、ちょっとゆだんをしてあみのチョッキを大《おお》きくあけたまま、ねむっているあいだに、らんぼうなねこ大将《たいしょう》がきて、いきなりつかんでいってしまったのです。鳥箱先《とりばこせん》生《せい》も目《め》をさまして、

「あっ、いかん。生徒《せいと》をかえしなさい。」といいましたが、ねこ大将《たいしょう》はニヤニヤわらって、むこうへ走《はし》っていってしまいました。鳥箱先生《とりばこせんせい》も、

「ああ、あわれなことだ。」といいました。しかし鳥箱先生《とりばこせんせい》は、それからすっかり信用《しんよう》をなくしました。そしていきなり物置《ものおき》のたなへつれてこられました。

「ははあ、ここは、たいへん、空気《くうき》の流通《りゅうつう》がわるいな。」と鳥箱先生《とりばこせんせい》はいいながら、あたりを見《み》まわしました。たなの上《うえ》には、こわれかかった植木《うえき》ばちや、古《ふる》い朱《しゅ》ぬりの手《て》おけや、そんながらくたがいっぱいでした。そして鳥箱先生《とりばこせんせい》のすぐうしろに、まっくらな小《ち》さなあながありました。

「はてな。あのあなはなんだろう。ししのほらあなかもしれない。すくなくとも竜《りゅう》のいわやだね。」と先生《せんせい》はひとりごとをいいました。

それから、夜《よる》になりました。ねずみが、そのあなからでてきて、先生《せんせい》をちょっとかじりました。先生《せんせい》はたいへんびっくりしましたが、むりに心《こころ》をしずめてこういいました。

「おいおい。みだりに他人《たにん》をかじるべからずという、カマジン国《こく》の王様《おうさま》の格言《かくげん》を知《し》らないか。」

ねずみはびっくりして、三歩《ぽ》ばかりあとへさがって、ていねいにおじぎをしてから申《もう》しました。

「これは、まことにありがたいお教《おし》えでございます。じつに私《わたくし》の肝臓《かんぞう》までしみとおります。みだりに他人《たにん》をかじるということは、ほんとうにわるいことでございます。私《わたくし》は、去年《きょねん》、みだりに金《かな》づちさまをかじりましたので、前歯《まえば》を二本《ほん》かきました。また、ことしの春《はる》は、みだりに人間《にんげん》の耳《みみ》をかじりましたので、あぶなく殺《ころ》されようとしました。じつにかたじけないおさとしでございます。ついては、私《わたくし》のせがれ、フウと申《もう》すものは、まことにおろかものでございますが、どうか毎日《まいにち》、お教《おし》えをいただくようにねがわれませんでございましょうか。」

「うん。とにかく、その子《こ》をよこしてごらん。きっと、りっぱにしてあげるから。わしはね。いまこそこんなところへきているが、まえは、それはもう、ガラスでこさえたりっぱな家《いえ》のなかにいたんだ。ひよどりを、四人《にん》も育《そだ》てて教《おし》えてやったんだ。どれもみんな、はじめはバタバタいって、手《て》もつけられない子《こ》どもらばかりだったがね、みんな、まもなく、わしの感化《かんか》で、おとなしくりっぱになった。そして、それはそれは、安楽《あんらく》に一生《いっしょう》をおくったのだ。栄耀栄華《えいようえいが》をきわめたもんだ。」

親《おや》ねずみは、あんまりうれしくて、声《こえ》もでませんでした。そして、ペコペコ頭《あたま》をさげて、いそいで自分《じぶん》のあなへもぐりこんで、子《こ》どものフウねずみをつれだして、鳥箱先生《とりばこせんせい》のところへやってまいりました。

「この子《こ》どもでございます。どうか、よろしくおねがいいたします。どうかよろしくおねがいいたします。」ふたりは頭《あたま》をぺこぺこさげました。

すると、先生《せんせい》は、

「ははあ、なかなかかしこそうなお子《こ》さんですな。頭《あたま》のかたちがたいへんよろしい。いかにもしょうちしました。きっと教《おし》えてあげますから。」

ある日《ひ》、フウねずみが先生《せんせい》のそばをいそいで通《とお》っていこうとしますと、鳥箱先生《とりばこせんせい》があわててよびとめました。

「おい。フウ。ちょっと待《ま》ちなさい。なぜ、おまえは、そう、ちょろちょろ、つまだてして歩《ある》くんだ。男《おとこ》というものは、もっとゆっくり、もっとおおまたに歩《ある》くものだ。」

「だって先生《せんせい》。ぼくの友《とも》だちは、だれだってちょろちょろ歩《ある》かないものはありません。ぼくはそのなかで、いちばんいばって歩《ある》いているんです。」

「おまえの友《とも》だちというのは、どんな人《ひと》だ。」

「しらみに、くもに、だにです。」

「そんなものと、おまえはつきあっているのか。なぜもうすこし、りっぱなものとつきあわん。なぜもっとりっぱなものとくらべないか。」

「だって、ぼくは、ねこや、犬《いぬ》や、ししや、とらは、大《だい》きらいなんです。」

「そうか。それならしかたない。が、もうすこしりっぱにやってもらいたい。」

「もうわかりました。先生《せんせい》。」フウねずみはいちもくさんににげていってしまいました。

それからまた五、六日《にち》たって、フウねずみが、いそいで鳥箱先生《とりばこせんせい》のそばをかけぬけようとしますと、先生《せんせい》がさけびました。

「おい。フウ。ちょっと待《ま》ちなさい。なぜおまえは、そんなにきょろきょろあたりを見《み》て歩《ある》くのです。男《おとこ》はまっすぐにゆくほうをむいて歩《ある》くもんだ。それにけっして、よこめなんかはつかうものではない。」

「だって先生《せんせい》。わたしの友《とも》だちはみんなもっときょろきょろしています。」

「おまえの友《とも》だちというのはだれだ。」

「たとえばくもや、しらみや、むかでなどです。」

「おまえは、また、そんなつまらないものと自分《じぶん》をくらべているが、それはよろしくない。おまえはりっぱなねずみになるひとなんだからそんな考《かんが》えはよさなければいけない。」

「だってわたしの友《とも》だちは、みんなそうです。わたしはそのなかではいちばんちゃんとしているんです。」

そしてフウねずみはいちもくさんににげてあなのなかへはいってしまいました。

それからまた五、六日《にち》たって、フウねずみが、いつものとおり、大《おお》いそぎで鳥箱先生《とりばこせんせい》のそばを通《とお》りすぎようとしますと、先生《せんせい》があみのチョッキをがたっとさせながら、よびとめました。

「おい。フウ、ちょっと待《ま》ちなさい。おまえはいつでもわしがなにかいおうとすると、はやくにげてしまおうとするが、きょうは、まあ、すこしおちついて、ここへすわりなさい。おまえはなぜそんなにいつでも首《くび》をちぢめて、せなかをまるくするのです。」

「だって、先生《せんせい》。わたしの友《とも》だちは、みんな、もっとせなかをまるくして、もっと首《くび》をちぢめていますよ。」

「おまえの友《とも》だちといっても、むかでなどはせなかをすっくりとのばしてあるいているではないか。」

「いいえ。むかではそうですけれども、ほかの友《とも》だちはそうではありません。」

「ほかの友《とも》だちというのは、どんなひとだ。」

「けしつぶや、ひえつぶや、おおばこの実《み》などです。」

「なぜいつでも、そんなつまらないものとだけ、くらべるのだ。ええ。おい。」

フウねずみはめんどうくさくなったのでいちもくさんにあなのなかへにげこみました。

鳥箱先生《とりばこせんせい》も、こんどというこんどは、すっかりおこってしまって、ガタガタガタガタガタふるえてさけびました。

「フウの母親《ははおや》、こら、フウの母親《ははおや》。でてこい。おまえのむすこは、もうどうしても退校《たいこう》だ。ひきわたすからさっそくでてこい。」

フウのおっかさんねずみは、ブルブルふるえているフウねずみのえり首《くび》をつかんで、鳥《とり》箱先生《ばこせんせい》の前《まえ》につれてきました。

鳥箱先生《とりばこせんせい》はおこって、ほてって、チョッキをばたばたさせながらいいました。

「おれは四人《にん》もひよどりを教育《きょういく》したが、きょうまでこんなひどいぶじょくを受《う》けたことはない。じつにこの生徒《せいと》はだめなやつだ。」

そのとき、まるで、あらしのように黄色《きいろ》なものがでてきて、フウをつかんで地《じ》べたへたたきつけ、ひげをヒクヒク動《うご》かしました。それはねこ大将《たいしょう》でした。

ねこ大将《たいしょう》は、

「ハッハッハ、先生《せんせい》もだめだし、生徒《せいと》もわるい。先生《せんせい》はいつでも、もっともらしいうそばかりいっている。生徒《せいと》は志《こころざし》がどうもけしつぶより小《ちい》さい。これではもうとても国家《こっか》の前《ぜん》途《と》が思《おも》いやられる。」

といいました。

ツェねずみ

ある古《ふる》い家《いえ》の、まっくらな天《てん》じょううらに、「ツェ」という名《な》まえのねずみがすんでいました。

ある日《ひ》ツェねずみは、きょろきょろ四方《しほう》を見《み》まわしながら、床下街道《ゆかしたかいどう》を歩《ある》いていますと、むこうからいたちが、なにかいいものを、たくさんもって、風《かぜ》のように走《はし》ってまいりました。そして「ツェ」ねずみを見《み》て、ちょっとたちどまって、早口《はやくち》にいいました。

「おい、ツェねずみ。おまえんとこの戸《と》だなのあなから、こんぺいとうがばらばらこぼれているぜ。はやくいってひろいな。」

ツェねずみは、もうひげもぴくぴくするくらいよろこんで、いたちにはお礼《れい》もいわずに、いっさんにそっちへ走《はし》っていきました。

ところが、戸《と》だなの下《した》まできたとき、いきなり足《あし》がチクリとしました。そして、「とまれ。だれかっ。」という小《ちい》さなするどい声《こえ》がします。

ツェねずみはびっくりして、よく見《み》ますと、それはありでした。ありの兵隊《へいたい》は、もうこんぺいとうのまわりに四重《じゅう》の非常線《ひじょうせん》をはって、みんな黒《くろ》いまさかりをふりかざしています。二、三十ぴきは、こんぺいとうをかたっぱしからくだいたり、とかしたりして、巣《す》へはこぶしたくです。「ツェ」ねずみはぶるぶるふるえてしまいました。

「ここから内《うち》へはいってならん。はやく帰《かえ》れ。帰《かえ》れ、帰《かえ》れ。」ありの特務曹長《とくむそうちょう》が、ひくい太《ふと》い声《こえ》でいいました。

ねずみはくるっと一つまわって、いちもくさんに天《てん》じょううらへかけあがりました。そして巣《す》のなかへはいって、しばらくねころんでいましたが、どうもおもしろくなくて、おもしろくなくて、たまりません。ありはまあ兵隊《へいたい》だし、強《つよ》いからしかたもないが、あのおとなしいいたちめに教《おし》えられて、戸《と》だなの下《した》まで走《はし》っていってありの曹長《そうちょう》にけんつくをくうとはなんたるしゃくにさわることだとツェねずみは考《かんが》えました。そこでねずみは巣《す》からまたちょろちょろはいだして、木小屋《きごや》のおくのいたちの家《いえ》にやってまいりました。いたちは、ちょうど、とうもろこしのつぶを、歯《は》でこつこつかんで粉《こな》にしていましたが、ツェねずみを見《み》ていいました。

「どうだ。こんぺいとうがなかったかい。」

「いたちさん。ずいぶんおまえもひどい人《ひと》だね、わたしのような弱《よわ》いものをだますなんて。」

「だましゃせん。たしかにあったのや。」

「あるにはあってももうありがきてましたよ。」

「ありが。へい。そうかい。はやいやつらだね。」

「みんなありがとってしまいましたよ。わたしのような弱《よわ》いものをだますなんて、まどう(つぐなうこと)てください。まどうてください。」

「それはしかたない。おまえのいきようがすこしおそかったのや。」

「しらんしらん。わたしのような弱《よわ》いものをだまして。まどうてください、まどうてください。」

「こまったやつだな。ひとのしんせつをさかさまにうらむとは。よしよし。そんならおれのこんぺいとうをやろう。」

「まどうてください。まどうてください。」

「えい。それ。持《も》ってゆけ。てめいの持《も》てるだけ持《も》ってうせちまえ。てめいみたいな、ぐにゃぐにゃした、男《おとこ》らしくもねいやつは、つらも見《み》たくねい。はやく持《も》てるだけ持《も》って、どっかへうせろ。」いたちはプリプリして、こんぺいとうをなげだしました。ツエねずみはそれを持《も》てるだけたくさんひろって、おじぎをしました。いたちはいよいよおこってさけびました。

「えい、はやくいってしまえ。てめいの取《と》ったのこりなんかうじむしにでもくれてやらあ。」

ツエねずみは、いちもくさんに走《はし》って、天《てん》じょううらの巣《す》へもどって、こんぺいとうをコチコチたべました。

こんなぐあいですから、ツエねずみは、だんだんきらわれて、たれもあまり相手《あいて》にしなくなりました。そこでツエねずみは、しかたなしに、こんどは、はしらだの、こわれたちりとりだの、バケツだの、ほうきだのと交際《こうさい》をはじめました。

なかでもはしらとは、いちばんなかよくしていました。はしらがある日《ひ》、ツェねずみにいいました。

「ツェねずみさん。もうじき冬《ふゆ》になるね。ぼくらはまたかわいてミリミリいわなくちゃならない。おまえさんもいまのうちに、いい夜具《やぐ》のしたくをしておいたほうがいいだろう。さいわい、ぼくのすぐ頭《あたま》の上《うえ》に、すずめが春持《はるも》ってきた鳥《とり》の毛《け》やいろいろあたたかいものがたくさんあるから、いまのうちに、すこしおろして運《はこ》んでおいたらどうだい。ぼくの頭《あたま》は、まあすこし寒《さむ》くなるけれど、ぼくはぼくでまたくふうをするから。」

ツェねずみはもっともと思《おも》いましたので、さっそく、その日《ひ》から運《はこ》び方《かた》にかかりました。

ところが、とちゅうにきゅうな坂《さか》が一つありましたので、ねずみは三度《ど》めに、そこからストンところげ落《お》ちました。

柱《はしら》もびっくりして、

「ねずみさん。けがはないかい。けがはないかい。」と一生《いっしょう》けんめい、からだを曲《ま》げながらいいました。

ねずみはやっとおきあがって、それからかおをひどくしかめながらいいました。

「柱《はしら》さん。おまえもずいぶんひどい人《ひと》だ。ぼくのような弱《よわ》いものをこんなめにあわすなんて。」

柱《はしら》はいかにも申《もう》しわけがないと思《おも》ったので、

「ねずみさん。すまなかった。ゆるしてください。」と一生《いっしょう》けんめいわびました。

ツェねずみは図《ず》にのって、

「ゆるしてくれもないじゃないか。おまえさえあんなこしゃくなさしずをしなければ、わたしはこんないたいめにもあわなかったんだよ。まどっておくれ。まどっておくれ。さあ、まどっておくれよ。」

「そんなことをいったってこまるじゃありませんか。ゆるしてくださいよ。」

「いいや。弱《よわ》いものをいじめるのはわたしはきらいなんだから、まどっておくれ。まどっておくれ。さあまどっておくれ。」

柱《はしら》はこまってしまって、おいおいなきました。そこでねずみも、しかたなく、巣《す》へ帰《かえ》りました。それからは、柱《はしら》はもうこわがって、ねずみに口《くち》をききませんでした。

さて、そののちのことですが、ちりとりは、ある日《ひ》、ツェねずみに半分《はんぶん》になったもなかを一つやりました。するとちょうどその次《つぎ》の日《ひ》、ツェねずみはおなかがいたくなりました。さあ、いつものとおりツェねずみは、まどっておくれを百ばかりもちりとりにいいました。ちりとりももうあきれてねずみとの交際《こうさい》はやめました。

また、そののちのことですが、ある日《ひ》、バケツは、ツェねずみに、せんたくソーダのかけらをすこしやって、「これで毎朝《まいあさ》お顔《かお》をおあらいなさい。」といいましたら、ねずみはよろこんで、次《つぎ》の日《ひ》から、毎日《まいにち》、それで顔《かお》をあらっていましたが、そのうちに、ねずみのおひげが十本《ぽん》ばかりぬけました。さあツェねずみは、さっそくバケツへやってきてまどっておくれまどっておくれを、二百五十ばかりいいました。しかしあいにくバケツにはおひげもありませんでしたし、まどうというわけにもいかずすっかりまいってしまって、ないてあやまりました。そして、もうそれからは、ちょっとも口《くち》をききませんでした。

道具仲間《どうぐなかま》は、みんなじゅんぐりに、こんなめにあって、こりてしまいましたので、ついにはだれもみんなツェねずみの顔《かお》を見《み》ると、いそいでわきのほうをむいてしまうのでした。

ところがその道具仲間《どうぐなかま》に、ただひとりだけ、まだツェねずみとつきあってみないものがありました。

それは、はりがねをあんでこさえたねずみとりでした。

ねずみとりは、ぜんたい、人間《にんげん》の味方《みかた》なはずですが、ちかごろは、どうも毎日《まいにち》の新聞《しんぶん》にさえ、ねこといっしょにおはらい物《もの》というふだをつけた絵《え》にまでして、広告《こうこく》されるのですし、そうでなくても、がんらい、人間《にんげん》は、このはりがねのねずみとりを、いっぺんも優待《ゆうたい》したことはありませんでした。ええ、それはもうたしかにありませんとも。それに、さもさわるのさえきたないようにみんなから思《おも》われています。それですから、じつは、ねずみとりは、人間《にんげん》よりは、ねずみのほうに、よけい同情《どうじょう》があるのです。けれども、たいていのねずみは、なかなかこわがって、そばへやってまいりません。ねずみとりは、毎日《まいにち》、やさしい声《こえ》で、

「ねずちゃん。おいで。今夜《こんや》のごちそうはあじのおつむだよ。おまえさんのたべるあいだ、わたしはしっかりおさえておいてあげるから。ね、安心《あんしん》しておいで。入《い》り口《ぐち》をパタンとしめるようなそんなことをするもんかね。わたしも人間《にんげん》にはもうこりこりしてるんだか

ら。おいでよ。そら。」

なんてねずみをよびますが、ねずみはみんな、

「へん、うまくいってらあ。」とか「へい、へい。よくわかりましてございます。いずれ、おやじやせがれとも、相談《そうだん》のうえで。」とかいってそろそろにげていってしまいます。

そして、朝《あさ》になると、顔《かお》のまっ赤《か》な下男《げなん》がきてみて、

「また、はいらない。ねずみももう知《し》ってるんだな。ねずみの学校《がっこう》で教《おし》えるんだな。しかしまあもう一日《にち》だけかけてみよう。」といいながら新《あたら》しいえさととりかえるのでした。

今夜《こんや》も、ねずみとりは、さけびました。

「おいでおいで。今夜《こんや》のはやわらかなはんぺんだよ。えさだけあげるよ。だいじょうぶさ。はやくおいで。」

ツエねずみが、ちょうど、とおりかかりました。そして、

「おや、ねずみとりさん、ほんとうにえさだけをくださるんですか。」といいました。

「おや、おまえはめずらしいねずみだね。そうだよ。えさだけあげるんだよ。そら、はや

くおたべ。」

ツェねずみはプイッと中《なか》へはいって、むちゃむちゃむちゃっとはんぺんをたべて、またプイッと外《そと》へでていいました。

「おいしかったよ。ありがとう。」

「そうかい。よかったね。またあすの晩《ばん》おいで。」

次《つぎ》の朝《あさ》、下男《げなん》がきてみて、おこっていいました。

「えい。えさだけとってゆきやがった。ずるいねずみだな。しかしとにかく中《なか》へはいったというのは感心《かんしん》だ。そら、きょうはいわしだぞ。」

そしていわしをはんぶんつけていきました。

ねずみとりは、いわしをひっかけて、せっかく（つとめて・一《いっ》生《しょう》けんめい）ツェねずみのくるのを待《ま》っていました。

夜《よる》になって、ツェねずみは、すぐでてきました。そしていかにも恩《おん》にきせたように、

「こんばんは、おやくそくどおりきてあげましたよ。」といいました。

ねずみとりはすこしむっとしましたが、むりにこらえて、

「さあ、たべなさい。」とだけいいました。

ツェねずみはプイッとはいって、ピチャピチャピチャッとたべて、またプイッとでてきて、それから大風《おおふう》にいいました。

「じゃ、あした、また、きてたべてあげるからね。」

「ブウ。」とねずみとりはこたえました。

次《つぎ》の朝《あさ》、下男《げなん》がきてみて、ますますおこっていいました。

「えい。ずるいねずみだ。しかし、毎晩《まいばん》、そんなにうまくえさだけとられるはずがない。どうも、このねずみとりめは、ねずみからわいろをもらったらしいぞ。」

「もらわん。もらわん。あんまり人《ひと》を見《み》そこなうな。」とねずみとりはどなりましたが、もちろん、下男《げなん》の耳《みみ》にはきこえません。きょうもくさったはんぺんをくっつけていきました。

ねずみとりは、とんだうたがいをうけたので、一日《にち》ぷんぷんおこっていました。

夜《よる》になりました。ツェねずみがでてきて、さもさもたいぎらしく、いいました。

「ああ、毎日《まいにち》ここまでやってくるのも、なみたいていのこっちゃない。それにごちそうといったら、せいぜい魚《さかな》の頭《あたま》だ。いやになっちまう。しかしまあ、せっかくきたんだからしかたない、くってやるとしようか。ねずみとりさん。こんばんは。」

ねずみとりははりがねをぷりぷりさせておこっていましたので、ただひとこと、

「おたべ。」といいました。ツェねずみはすぐプイッととびこみましたが、はんぺんのくさっているのを見《み》て、おこってさけびました。

「ねずみとりさん。あんまりひどいや。このはんぺんはくさってます。ぼくのような弱《よわ》いものをだますなんて、あんまりだ。まどってください。まどってください。」

ねずみとりは、思《おも》わず、はりがねをりうりうと鳴《な》らすぐらい、おこってしまいました。

そのりうりうが悪《わる》かったのです。

「ピシャッ。シインン。」えさについていたかぎがはずれてねずみとりの入《い》り口《ぐち》がとじてしまいました。さあもうたいへんです。

ツェねずみはきちがいのようになって、

「ねずみとりさん。ひどいや。ひどいや。うう、くやしい。ねずみとりさん。あんまりだ。」といいながら、はりがねをかじるやら、くるくるまわるやら、地《じ》だんだをふむや

まどってくださいまら、わめくやら、なくやら、それはそれは大《おお》さわぎです。それでもまどってくださいは、もういう力《ちから》がありませんでした。ねずみとりのほうも、いたいやら、しゃくにさわるやら、ガタガタ、ブルブル、リウリウとふるえました。ひと晩《ばん》そうやってとうとう朝《あさ》になりました。

顔《かお》のまっかな下男《げなん》がきてみて、こおどりしていいました。

「しめた。しめた。とうとうかかった。いじの悪《わる》そうなねずみだな。さあ、でてこい。小《こ》僧《ぞう》。」

クンねずみ

クンねずみのうちは見《み》はらしのいいところにありました。すぐまえに下水川《げすいがわ》があって、春《はる》はすももの花《はな》びらをうかべ、冬《ふゆ》はときどきはみかんの皮《かわ》をながしました。

下水川《げすいがわ》のむこうには、通《とお》りの野原《のはら》がはるかにひろがっていて、つちけむりのかすみがたなびいたり、黄《き》いろな霧《きり》がかかったり、そのまたむこうには、酒屋《さかや》の土蔵《くら》がそら高《たか》くそびえておりました。

そのりっぱな、クンねずみのおうちへ、ある日《ひ》、友《とも》だちの夕ねずみがやってきました。

ぜんたい、ねずみにはいろいろくしゃくしゃな名《な》まえがあるのですからいちいちそれをおぼえたらとてももうたいへんです。一生《いっしょう》ねずみの名《な》まえだけのことで頭《あたま》がいっぱいになってしまいますからみなさんはどうかクンという名《な》まえのほかはどんなのがでてきてもおぼえないでください。

　さて夕ねずみはクンねずみにいいました。

「こんにちは、クンねずみさん。いいお天気《てんき》ですね。」

「いいお天気《てんき》です。なにかいいものを見《み》つけましたか。」

「いいえ。どうも不景気《ふけいき》ですね。どうでしょう。これからの景気《けいき》は。」

「さあ、あなたはどう思《おも》いますか。」

「そうですね。しかしだんだんよくなるのじゃないでしょうか。オウベイのキンユウはしだいにヒッパクをテイしなそう……。」

「エヘン、エヘン。」いきなりクンねずみが大《おお》きなせきばらいをしましたので、夕ねずみはびっくりしてとびあがりました。クンねずみは横《よこ》をむいたまま、ひげを一つぴんとひねって、それから口《くち》のなかで、

「へい、それから。」といいました。

　夕ねずみはやっと安心《あんしん》してまたおひざに手《て》をおいてすわりました。

クンねずみもやっとまっすぐをむいていいました。

「先《せん》ころの地震《じしん》にはおどろきましたね。」

「まったくです。」

「あんな大《おお》きいのはわたしもはじめてですよ。」

「ええ、ジョウカドウでしたね。シンゲンはなんでもトウケイ四十二度《ど》二分《ふん》ナンイ。」

「エヘンエヘン。」

クンねずみはまたどなりました。

タねずみはまたまったくめんくらいましたがさっきほどではありませんでした。クンねずみはやっと気《き》をなおしていいました。

「天気《てんき》もよくなりましたね。あなたはなにかうまいしかけをしておきましたか。」

「いいえ、なんにもしておきません。しかし、こんど天気《てんき》がながくつづいたら、わたしはすこし畑《はたけ》のほうへでてみようと思《おも》うんです。」

「畑《はたけ》にはなにかいいことがありますか。」

「秋《あき》ですからとにかくなにかこぼれているだろうと思《おも》います。天気《てんき》さえよければいいのですがね。」

「どうでしょう。天気《てんき》はいいでしょうか。」

「そうですね。新聞《しんぶん》にでていましたが、オキナワレットウにハッセイしたテイキアツはしだいにホクホクセイのほうへシンコウ……。」

「エヘン、エヘン。」クンねずみはまたいやなせきばらいをやりましたので、夕ねずみはこんどというこんどはすっかりびっくりしてはんぶん立《た》ちあがって、ぶるぶるふるえて目《め》をパチパチさせて、だまりこんでしまいました。

クンねずみは横《よこ》のほうをむいて、おひげをひっぱりながら、横目《よこめ》で夕ねずみの顔《かお》を見《み》ていましたがずうっとしばらくたってから、あらんかぎり声《こえ》をひくくして、

「へい。そして。」といいました。ところが夕ねずみは、もうすっかりこわくなってものがいえませんでしたから、にわかに一ってていねいなおじぎをしました。そしてまるで細《ほそ》いかすれた声《こえ》で、「さよなら。」といってクンねずみのおうちをでていきました。

クンねずみは、そこで、あおむけにねころんで、「ねずみ競争新聞《きょうそうしんぶん》」を手《て》にとってひろげながら、

「ヘッ。夕などはなってないんだ。」とひとりごとをいいました。

さて、「ねずみ競争新聞《きょうそうしんぶん》」というのはじつにいい新聞《しんぶん》です。これを読《よ》むと、ねずみ仲間《なかま》の競争《きょうそう》のことはなんでもわかるのでした。ペねずみが、たくさんとうもろこしのつぶをぬすみためて、大《おお》さとう持《も》ちのパねずみといじばりの競争《きょうそう》をしていることでも、ハねずみヒねずみフねずみの三びきのむすめねずみが学問《がくもん》の競争《きょうそう》をやって、比例《ひれい》の問題《もんだい》まできたとき、とうとう三びきとも頭《あたま》がペチンとさけたことでもなんでもすっかりでているのでした。さあ、さあ、みなさん。しっけいですが、クンねずみの、きょうの新聞《しんぶん》を読《よ》むのを、おききなさい。

「ええと、カマジン国《こく》の飛行機《ひこうき》、プハラをおそうと。なるほどえらいね。これはたいへんだ。まあしかし、ここまではこないからだいじょうぶだ。ええと、ツェねずみのゆくえ不《ふ》明《めい》。ツェねずみというのはあのいじわるだな。こいつはおもしろい。

天《てん》じょううら街《まち》一番地《ばんち》、ツェ氏《し》は昨夜《さくや》ゆくえ不明《ふめい》となりたり。本社《ほんしゃ》のいちはやく探知《たんち》するところによればツェ氏《し》は数日前《すうじつまえ》よりはりがねせい、ねずみとり氏《し》と交際《こうさい》をむすびおりしが一昨夜《いっさくや》にいたりて両氏《りょうし》の間《あいだ》に多少感情《たしょうかんじょう》の衝突《しょうとつ》ありたるもののごとし。台所街《だいどころまち》四番地《ばんち》ネ氏《し》の談《だん》によれば昨夜《さくや》もツェ氏《し》は、はりがねせい、ねずみとり氏《し》を訪問《ほうもん》したるがごとしと。なお床下通《ゆかしたどお》り二十九番地《ばんち》ポ氏《し》は、昨夜深更《さくやしんこう》より今朝《けさ》にかけて、ツェ氏《し》ならびにはりがねせい、ねずみとり氏《し》の、はげしき争論《そうろん》、ときに格闘《かくとう》の声《こえ》を聞《き》きたりと。以上《いじょう》を総合《そうごう》するに、本事件《ほんじけん》には、はりがねせい、ねずみとり氏《し》、もっとも深《ふか》き関係《かんけい》を有《ゆう》するがごとし。本社《ほんしゃ》はさらに深《ふか》く事件《じけん》の真相《しんそう》を探知《たんち》のうえ、おおいにはりがねせい、ねずみとり氏《し》に筆誅《ひっちゅう》（罪悪《ざいあく》・過失《かしつ》などを書《か》いて、せめること）をくわえんと欲《ほっ》す、と。ははあ、ふん、これはもううたがいもない。ツェのやつめ、ねずみとりにくわれたんだ。おもしろい。そのつぎはと。なんだ、ええと、新任《しんにん》ねずみ会議員《かいぎいん》テ氏《し》。エヘン。エヘン。エン。エッヘン。エイ、エイ、なんだ。ちくしょう。えテなどがねずみ会議員《かいぎいん》だなんて。えい、おもしろくない。おれでもすればいいんだ。えい。おもしろくない、散歩《さんぽ》にでよう。」

そこでクｯねずみは散歩《さんぽ》にでました。そしてプンプンおこりながら、天《てん》じょううら街《まち》のほうへいくとちゅうで、二ひきのむかでが親孝行《おやこうこう》のくものはなしをしているのを聞《き》きました。

「ほんとうにね。そうはできないもんだよ。」

「ええ、ええ、まったくですよ。それにあの子《こ》は、自分《じぶん》もどこかからだがわるいんですよ。それだのにね。朝《あさ》は二時《じ》ころから起《お》きて薬《くすり》を飲《の》ませたりおかゆをたいてやったり夜《よる》だってねるのはいつもおそいでしょう。たいてい三時《じ》ころでしょう。ほんとうにからだがやすまるってないんでしょう。感心《かんしん》ですねい。」

「ほんとうにあんな心《こころ》がけのいい子《こ》はいまごろあり……。」

「エヘン、エヘン。」と、いきなりクンねずみはどなって、おひげを横《よこ》のほうへひっぱりました。

むかではびっくりして、はなしもなにもそこそこにわかれてにげていってしまいました。クンねずみはそれからだんだん天《てん》じょううら街《まち》のほうへのぼっていきました。天《てん》じょううら街《まち》のガランとした広《ひろ》い通《とお》りではねずみ会議員《かいぎいん》のテねずみがもう一ぴきのねずみとはなしていました。クンねずみはこわれたちりとりのかげで立《た》ち聞《ぎ》きをしておりました。

テねずみが、

「それで、その、わたしの考《かんが》えではね、どうしても、これは、その、共同一致《きょうどういっち》、団結《だんけつ》、和《わ》睦《ぼく》の、セイシンで、やらんと、いかんね。」といいました。

クンねずみは、

「エヘン、エヘン。」と聞《き》こえないようにせきばらいをしました。相手《あいて》のねずみは、「へい。」といって考《かんが》えているようすです。

テねずみははなしをつづけました。

「もしそうでないとすると、つまりその、世界《せかい》のシンポハッタツカイゼンカイリョウがそのつまりテイタイするね。」

「エン、エン、エイ、エイ。」クンねずみはまたひくくせきばらいをしました。相手《あいて》のねずみは「へい。」といって考《かんが》えています。

「そこで、その、世界文明《せかいぶんめい》のシンポハッタツカイリョウカイゼンがテイタイすると、政治《せいじ》はもちろんケイザイ、ノウギョウ、ジツギョウ、コウギョウ、キョウイクビジュツそれからチョウコク、カイガ、それからブンガク、シバイ、ええとエンゲキ、ゲイジュツ、ゴラク、そのほかタイイクなどが、ハッハッハ、たいへんそのどうもわるくなるね。」テねずみはむずかしいことばをあまりたくさんいったので、もうゆかいでたまらないようでした。クンねずみはそれがまたむやみにしゃくにさわって「エン、エン」と聞《き》こえないようにそしてできるだけ高《たか》くせきばらいをやってにぎりこぶしをかためました。相手《あいて》のねずみはやはり「へい。」といっております。テねずみはまたはじめました。

「そこでそのケイザイやゴラクがわるくなるというと、不平《ふへい》を生《しょう》じてブンレツをおこすというケッカにホウチャクするね。そうなるのはじつにそのわれわれのシンガイで、フホンイであるから、やはりその、ものごとは共同一致団結和睦《きょうどういっちだんけつわぼく》のセイシンでやらんといかんね。」

クンねずみはあんまりテねずみのことばがりっぱで、議論《ぎろん》がうまくできているのがしゃくにさわって、とうとうあらんかぎり、

「エヘン、エヘン。」とやってしまいました。するとテねずみはぶるるっとふるえて、目《め》をとじて、小《ちい》さく小《ちい》さくちぢまりましたが、だんだんそろりそろりとのびて、そおっと目《め》をあいて、それから大声《おおごえ》でさけびました。

「こいつはブンレツだぞ。ブンレツ者《しゃ》だ。しばれ、しばれ。」とさけびました。すると相《あい》手《て》のねずみはまるでつぶてのようにクンねずみにとびかかってねずみのとりなわをだしてクルクルしばってしまいました。

クンねずみはくやしくてくやしくてなみだがでましたが、どうしてもかないそうがありませんでしたからしばらくじっとしておりました。するとテねずみは紙《かみ》きれをだしてするするするっとなにか書《か》いて捕《と》り手《て》のねずみにわたしました。

捕《と》り手《て》のねずみは、しばられてごろごろころがっているクンねずみの前《まえ》にきて、すてきにおごそかな声《こえ》でそれを読《よ》みはじめました。

「クンねずみはブンレツ者《しゃ》によりて、みんなの前《まえ》にて暗殺《あんさつ》すべし。」

クンねずみは声《こえ》をあげてチュウチュウなきました。

「さあ、ブンレツ者《しゃ》。歩《ある》け、はやく。」と捕《と》り手《て》のねずみはいいました。さあ、そこでクンねずみはすっかりおそれいってしおしおと立《た》ちあがりました。あっちからもこっちからもねずみがみんな集《あつ》まってきて、

「どうもいいきみだね、いつでもエヘンエヘンといってばかりいたやつなんだ。」

「やっぱり分裂《ぶんれつ》していたんだ。」

「あいつが死《し》んだらほんとうにせいせいするだろうね。」というような声《こえ》ばかりです。

捕《と》り手《て》のねずみは、いよいよ白《しろ》いたすきをかけて、暗殺《あんさつ》のしたくをはじめました。

そのときみんなのうしろのほうで、フウフウというひどい音《おと》が聞《き》こえ、二つの目玉《めだま》が火《ひ》のように光《ひか》ってきました。それは例《れい》のねこ大将《たいしょう》でした。

「ワーッ。」とねずみはみんなちりぢり四方《しほう》ににげました。

「にがさんぞ。コラッ。」とねこ大将《たいしょう》はその一ぴきを追《お》いかけましたがもうせまいすきまへずうっと深《ふか》くもぐりこんでしまったのでいくらねこ大将《たいしょう》が手《て》をのばしてもとどきませんでした。

ねこ大将《たいしょう》は「チエッ」と舌《した》うちをしてもどってきましたが、クッねずみのただ一ぴきしばられてのこっているのを見《み》て、びっくりしていいました。

「きさまはなんというものだ。」

クッねずみはもうおちついて答《こた》えました。

「クッと申《もう》します。」

「フ、フ、そうか。なぜこんなにしているんだ。」

「暗殺《あんさつ》されるためです。」

「フ、フ、フ。そうか。それはかあいそうだ。よしよし、おれがひきうけてやろう。おれのうちへこい。ちょうどおれのうちでは、子《こ》どもが四人《にん》できて、それに家庭教師《かていきょうし》がなくてこまっているところなんだ。こい。」

ねこ大将《たいしょう》はのそのそ歩《ある》きだしました。

クンねずみはこわごわあとについていきました。ねこのおうちはどうもそれはりっぱなもんでした。むらさき色《いろ》の竹《たけ》であんであって、なかはわらや布《ぬの》きれでホクホクしていました。おまけにちゃあんとごはんをいれる道具《どうぐ》さえあったのです。

そしてそのなかに、ねこ大将《たいしょう》の子《こ》どもが四人《にん》、やっと目《め》をあいて、にゃあにゃあと鳴《な》いておりました。

ねこ大将《たいしょう》は子《こ》どもらを一つずつなめてやってからいいました。

「おまえたちはもう学問《がくもん》をしないといけない。ここへ先生《せんせい》をたのんできたからな。よく習《なら》うんだよ。けっして先生《せんせい》をたべてしまったりしてはいかんぞ。」

子《こ》どもらはよろこんでニヤニヤわらって口《くち》ぐちに、

「おとうさん、ありがとう。きっと習《なら》うよ。先生《せんせい》をたべてしまったりしないよ。」といいました。

クンねずみはどうも思《おも》わず足《あし》がブルブルしました。ねこ大将《たいしょう》がいいました。

「教《おし》えてやってくれ。おもに算術《さんじゅつ》をな。」

「へい。しょう、しょう、しょうちいたしました。」とクンねずみが答《こた》えました。ねこ大《たい》将《しょう》はきげんよくニャーと鳴《な》いてするりとむこうへいってしまいました。

子《こ》どもらがさけびました。

「先生《せんせい》、はやく算術《さんじゅつ》を教《おし》えてください。先生《せんせい》。はやく。」

クンねずみはさあ、これはいよいよ教《おし》えないといかんと思《おも》いましたので、口《くち》ばやにいいました。

「一に一をたすと二です。」

「わかってるよ。」子《こ》どもらがいいました。

「一から一をひくとなんにもなくなります。」

「わかったよ。」子《こ》どもらがさけびました。

「一に一をかけると一です。」

「わかりました。」とねこの子《こ》どもらがりこうそうに目《め》をパチパチさせていいました。

「一を一でわると一です。」

「先生《せんせい》、わかりました。」とねこの子《こ》どもらがよろこんでさけびました。

「一に二をたすと三です。」

「わかりました。先生《せんせい》。」

「一から二はひかれません。」

「わかりました。先生《せんせい》。」

「一に二をかけると二です。」

「わかりました。先生《せんせい》。」

「一を二でわると半《はん》かけです。」

「わかりました。先生《せんせい》。」

ところがクンねずみはあんまりねこの子《こ》どもらがかしこいのですっかりしゃくにさわりました。そうでしょう。クンねずみはいちばんはじめの一に一をたして二をおぼえるのに半年《はんとし》かかったのです。

そこで思《おも》わず、「エヘン。エヘン。エイ。エイ。」とやりました。するとねこの子《こ》どもら

は、しばらくびっくりしたように、顔《かお》を見《み》あわせていましたが、やがてみんな一度《ど》に立《た》ちあがって、

「なんだい。ねずめ。人《ひと》をそねみやがったな。」といいながらクンねずみの足《あし》を一ぴきが一つずつかじりました。

クンねずみはひじょうにあわててばたばたして、いそいで「エヘン、エヘン、エイ、エイ。」とやりましたがもういけませんでした。

クンねずみはだんだん四方《ほう》の足《あし》からくわれていってとうとうおしまいに四ひきの子《こ》ねこはクンねずみのおへそのところで頭《あたま》をこつんとぶっつけました。

そこへねこ大将《たいしょう》がかえってきて、

「なにか習《なら》ったか。」とききました。

「ねずみをとることです。」と四ひきがいっしょに答《こた》えました。

ありときのこ

こけいちめんに、霧《きり》がぽしゃぽしゃふって、ありの歩哨《ほしょう》（見《み》はりの兵隊《へいたい》）は、鉄《てつ》のぼうしのひさしの下《した》から、するどいひとみであたりをにらみ、青《あお》く大《おお》きなしだの森《もり》の前《まえ》をあちこちいったりきたりしています。

むこうからぷるぷるぷるぷるぷる一ぴきのありの兵隊《へいたい》が走《はし》ってきます。

「とまれ、だれかッ。」

「第《だい》百二十八連隊《れんたい》の伝令《でんれい》！」

「どこへゆくか。」

「第《だい》五十連隊《れんたい》、連隊本部《れんたいほんぶ》。」

歩哨《ほしょう》はスナイドル式《しき》の銃剣《じゅうけん》を、むこうの胸《むね》にななめにつきつけたまま、その目《め》の光《ひか》りようやあごのかたち、それから上着《うわぎ》のそでのもようやくつのぐあい、いちいちくわしくしらべます。

「よし、通《とお》れ。」

伝令《でんれい》はいそがしくしだの森《もり》のなかへはいっていきました。

霧《きり》のつぶはだんだん小《ちい》さく小《ちい》さくなって、いまはもううすい乳《ちち》いろのけむりにかわり、草《くさ》や木《き》の水《みず》をすいあげる音《おと》は、あっちにもこっちにもいそがしくきこえだしました。さすがの歩哨《ほしょう》もとうとうねむさにふらっとします。

二ひきのありの子《こ》どもらが、手《て》をひいて、なにかひどくわらいながらやってきました。そしてにわかにむこうのならの木《き》の下《した》を見《み》てびっくりして立《た》ちどまります。

「あっあれなんだろう。あんなとこにまっ白《しろ》な家《いえ》ができた。」

「家《いえ》じゃない山《やま》だ。」

「きのうはなかったぞ。」

「兵隊《へいたい》さんにきいてみよう。」

「よし。」

二ひきのありは走《はし》ります。

「兵隊《へいたい》さん、あすこにあるのなに？」

「なんだうるさい、帰《かえ》れ。」

「兵隊《へいたい》さん、いねむりしてんだい。あすこにあるのなに？」

「うるさいなあ、どれだい、おや！」

「きのうはあんなものなかったよ。」

「おい、たいへんだ。おい。おまえたちは子《こ》どもだけれども、こういうときにはりっぱにみんなのお役《やく》にたつだろうなあ。いいか。おまえはね、この森《もり》をはいっていってアルキル中佐《ちゅうさ》どのにお目《め》にかかる。それからおまえはうんと走《はし》って陸地測量部《りくちそくりょうぶ》までゆくんだ。そして二人《ふたり》ともこういうんだ。北緯《ほくい》二十五度東経《どとうけい》六りんのところに、目的《もくてき》のわからない大《おお》きな工事《こうじ》ができましたとな。二人《ふたり》ともいってごらん。」

「北緯《ほくい》二十五度東経《どとうけい》六りんのところに目的《もくてき》のわからない大《おお》きな工事《こうじ》ができました。」

「そうだ。では早《はや》く。そのうちわたしはけっしてここをはなれないから。」

ありの子《こ》どもらはいちもくさんにかけていきます。

歩哨《ほしょう》は剣《けん》をかまえて、じっとそのまっ白《しろ》なふとい柱《はしら》の、大《おお》きな屋根《やね》のある工事《こうじ》をにらみつけています。

それはだんだん大《おお》きくなるようです。だいいちりんかくのぼんやり白《しろ》く光《ひか》ってぷるぷるぷるぷるふるえていることでもわかります。

にわかにぱっと暗《くら》くなり、そこらのこけはぐらぐらゆれ、ありの歩哨《ほしょう》はむちゅうで頭《あたま》をかかえました。目《め》をひらいてまた見《み》ますと、あのまっ白《しろ》な建物《たてもの》は、柱《はしら》がおれてすっかりひっくりかえっています。

ありの子《こ》どもらが両方《りょうほう》から帰《かえ》ってきました。

「兵隊《へいたい》さん。かまわないそうだよ。あれはきのこというものだって。なんでもないって。アルキル中佐《ちゅうさ》はうんとわらったよ。それからぼくをほめたよ。」

「あのね、すぐなくなるって。地図《ちず》にいれなくてもいいって。あんなもの地図《ちず》にいれたりけしたりしていたら、陸地測量部《りくちそくりょうぶ》など百あってもたりないって。おや！　ひっくりかえってらあ。」

「たったいまたおれたんだ。」歩哨《ほしょう》はすこしきまりわるそうにいいました。

「なあんだ。あっ。あんなやつも出《で》てきたぞ。」

むこうに魚《さかな》の骨《ほね》の形《かたち》をしたはいいろのおかしなきのこが、とぼけたように光《ひか》りながら、えだがついたり手《て》が出《で》たりだんだん地面《じめん》からのびあがってきます。二ひきのありの子《こ》どもらは、それをゆびさして、わらってわらってわらいます。

そのとき霧《きり》のむこうから、大《おお》きな赤《あか》い日《ひ》がのぼり、しいしだもすぎごけもにわかにぱっと青《あお》くなり、ありの歩哨《ほしょう》は、またいかめしくスナイドル式銃剣《しきじゅうけん》を南《みなみ》のほうへかまえました。

やまなし

小《ちい》さな谷川《たにがわ》の底《そこ》をうつした二枚《まい》の青《あお》い幻灯《げんとう》です。

一、五月《がつ》

二ひきのかにの子《こ》どもらが青《あお》じろい水《みず》の底《そこ》で話《はな》していました。

「クラムボンはわらったよ。」

「クラムボンはかぷかぷわらったよ。」

「クラムボンははねてわらったよ。」

「クラムボンはかぷかぷわらったよ。」

上《うえ》のほうや横《よこ》のほうは、青《あお》くくらく鋼《はがね》のように見《み》えます。そのなめらかな天《てん》じょうを、つぶつぶ暗《くら》いあわがながれていきます。

「クラムボンはわらっていたよ。」

「クラムボンはかぷかぷわらったよ。」

「それならなぜクラムボンはわらったの。」

「知《し》らない。」

つぶつぶあわがながれていきます。かにの子《こ》どもらもぽつぽつぽつとつづけて五、六つぶあわをはきました。それはゆれながら水銀《すいぎん》のように光《ひか》ってななめに上《うえ》のほうへのぼっていきました。

つうと銀《ぎん》のいろの腹《はら》をひるがえして、一ぴきの魚《さかな》が頭《あたま》の上《うえ》をすぎていきました。

「クラムボンは死《し》んだよ。」

「クラムボンは殺《ころ》されたよ。」

「クラムボンは死《し》んでしまったよ………。」

「殺《ころ》されたよ。」

「それならなぜ殺《ころ》された。」にいさんのかには、その右側《みぎがわ》の四本《ほん》のあしのなかの二本《ほん》を、弟《おとうと》のひらべったい頭《あたま》にのせながらいいました。

「わからない。」

魚《さかな》がまたツウともどって下流《かりゅう》のほうへいきました。

「クラムボンはわらったよ。」

「わらった。」

にわかにパッと明《あか》るくなり、日光《にっこう》の黄金《きん》はゆめのように水《みず》のなかにふってきました。

波《なみ》からくる光《ひかり》のあみが、底《そこ》の白《しろ》い岩《いわ》の上《うえ》で美《うつく》しくゆらゆらのびたりちぢんだりしました。あわや小《ちい》さなごみからはまっすぐなかげの棒《ぼう》が、ななめに水《みず》のなかにならんで立《た》ちました。

魚《さかな》がこんどはそこらじゅうの黄金《きん》の光《ひかり》をまるっきりくちゃくちゃにしておまけに自分《じぶん》は鉄《てっ》いろにへんに底《そこ》びかりして、また上流《かみ》のほうへのぼりました。

「お魚《さかな》はなぜああいったりきたりするの。」

弟《おとうと》のかにがまぶしそうに目《め》を動《うご》かしながらたずねました。

「なにか悪《わる》いことをしてるんだよ。とってるんだよ。」

「とってるの。」

「うん。」

そのお魚《さかな》がまた上流《かみ》からもどってきました。こんどはゆっくりおちついて、ひれも尾《お》も動《うご》かさずただ水《みず》にだけながされながらお口《くち》をわのようにまるくしてやってきました。そのかげは黒《くろ》くしずかに底《そこ》の光《ひかり》のあみの上《うえ》をすべりました。

「お魚《さかな》は……。」

そのときです。にわかに天《てん》じょうに白《しろ》いあわがたって、青《あお》びかりのまるでぎらぎらする鉄砲《てっぽう》だまのようなものが、いきなりとびこんできました。

にいさんのかにははっきりとその青《あお》いもののさきがコンパスのように黒《くろ》くとがっているのも見《み》ました。と思《おも》ううちに、魚《さかな》の白《しろ》い腹《はら》がぎらっと光《ひか》って一ぺんひるがえり、上《うえ》のほうへのぼったようでしたが、それっきりもう青《あお》いものも魚《さかな》のかたちも見《み》えず光《ひかり》の黄金《きん》のあみはゆらゆらゆれ、あわはつぶつぶながれました。

二ひきはまるで声《こえ》もでず、いすくまってしまいました。

おとうさんのかにがでてきました。

「どうしたい。ぶるぶるふるえているじゃないか。」

「おとうさん、いまおかしなものがきたよ。」

「どんなもんだ。」

「青《あお》くてね、光《ひか》るんだよ。はじがこんなに黒《くろ》くとがってるの。それがきたらお魚《さかな》が上《うえ》へのぼっていったよ。」

「そいつの目《め》が赤《あか》かったかい。」

「わからない。」

「ふうん。しかし、そいつは鳥《とり》だよ。かわせみというんだ。だいじょうぶだ、安心《あんしん》しろ。おれたちはかまわないんだから。」

「おとうさん、お魚《さかな》はどこへいったの。」

「魚《さかな》かい。魚《さかな》はこわいところへいった。」

「こわいよ、おとうさん。」

「いい、いい、だいじょうぶだ。心配《しんぱい》するな。そら、かばの花《はな》がながれてきた。ごらん、きれいだろう。」

あわといっしょに、白《しろ》いかばの花《はな》びらが天《てん》じょうをたくさんすべってきました。

「こわいよ、おとうさん。」弟《おとうと》のかにもいいました。

光《ひかり》のあみはゆらゆら、のびたりちぢんだり、花《はな》びらのかげはしずかに砂《すな》をすべりました。

二、十二月《がつ》

かにの子《こ》どもらはもうよほど大《おお》きくなり、底《そこ》のけしきも夏《なつ》から秋《あき》のあいだにすっかりかわりました。

白《しろ》いやわらかなまる石《いし》もころがってき、小《ちい》さな錐《きり》の形《かたち》の水晶《すいしょう》のつぶや、金雲母《きんうんも》のかけらもながれてきてとまりました。

そのつめたい水《みず》の底《そこ》まで、ラムネのびんの月光《げっこう》がいっぱいにすきとおり天《てん》じょうでは波《なみ》が青《あお》じろい火《ひ》を、もやしたりけしたりしているよう、あたりはしんとして、ただいかにも遠《とお》くからというように、その波《なみ》の音《おと》がひびいてくるだけです。

かにの子《こ》どもらは、あんまり月《つき》が明《あか》るく水《みず》がきれいなのでねむらないで外《そと》にでて、しばらくだまってあわをはいて天《てん》じょうのほうを見《み》ていました。

「やっぱりぼくのあわは大《おお》きいね。」

「にいさん、わざと大《おお》きくはいてるんだい。ぼくだってわざとならもっと大《おお》きくはけるよ。」

「はいてごらん。おや、たったそれきりだろう。いいかい、にいさんがはくから見《み》ておいで。そら、ね、大《おお》きいだろう。」

「大《おお》きかないや、おんなじだい。」

「近《ちか》くだから自分《じぶん》のが大《おお》きく見《み》えるんだよ。そんならいっしょにはいてみよう。いいかい、そら。」

「やっぱりぼくのほう大《おお》きいよ。」

「ほんとうかい。じゃ、も一つはくよ。」

「だめだい、そんなにのびあがっては。」

またおとうさんのかにがでてきました。

「もうねろねろ。おそいぞ、あしたイサド（作者《さくしゃ》のつけた地名《ちめい》）へつれてゆかんぞ。」

「おとうさん、ぼくたちのあわどっち大《おお》きいの。」

「それはにいさんのほうだろう。」

「そうじゃないよ、ぼくのほう大《おお》きいんだよ。」弟《おとうと》のかにはなきそうになりました。

そのとき、トブン。

黒《くろ》いまるい大《おお》きなものが、天《てん》じょうから落《お》ちてずうっとしずんでまた上《うえ》へのぼっていきました。キラキラッと黄金《きん》のぶちがひかりました。

「かわせみだ。」子《こ》どもらのかにはくびをすくめていいました。

おとうさんのかには、遠《とお》めがねのような両方《りょうほう》の目《め》をあらんかぎりのばして、よくよく見《み》てからいいました。

「そうじゃない、あれはやまなしだ、ながれてゆくぞ、ついていってみよう、ああいいにおいだな。」

なるほど、そこらの月《つき》あかりの水《みず》のなかは、やまなしのいいにおいでいっぱいでした。

三びきはぼかぼかながれていくやまなしのあとを追《お》いました。

その横《よこ》あるきと、底《そこ》の黒《くろ》い三つのかげぼうしが、あわせて六つおどるようにして、やまなしのまるいかげを追《お》いました。

まもなく水《みず》はサラサラ鳴《な》り、天《てん》じょうの波《なみ》はいよいよ青《あお》いほのおをあげ、やまなしは横《よこ》になって木《き》のえだにひっかかってとまり、その上《うえ》には月光《げっこう》の虹《にじ》がもかもか集《あつ》まりました。

「どうだ、やっぱりやまなしだよ、よくじゅくしている、いいにおいだろう。」

「おいしそうだね、おとうさん。」

「待《ま》て待《ま》て、もう二日《ふつか》ばかり待《ま》つとね、こいつは下《した》へしずんでくる、それからひとりでにおいしいお酒《さけ》ができるから、さあ、もう帰《かえ》ってねよう、おいで。」

親子《おやこ》のかにには三びき自分《じぶん》らのあなに帰《かえ》っていきます。

波《なみ》はいよいよ青《あお》じろいほのおをゆらゆらとあげました、それはまた金剛石《こんごうせき》の粉《こな》をはいているようでした。

◆

わたしの幻灯《げんとう》はこれでおしまいであります。

めくらぶどうと虹《にじ》

城《しろ》あとのおおばこの実《み》はむすび、赤《あか》つめ草《くさ》の花《はな》はかれてこげ茶色《ちゃいろ》になり、畑《はたけ》のあわはかられました。

「かられたぞ。」といいながら一ぺんちょっと顔《かお》をだした野《の》ねずみがまたいそいであなへひっこみました。

がけやほりには、まばゆい銀《ぎん》のすすきの穂《ほ》が、いちめん風《かぜ》に波《なみ》だっています。

その城《しろ》あとのまん中《なか》に、小《ちい》さな四《し》っ角山《かくやま》があって、上《うえ》のやぶには、めくらぶどうの実《み》が、虹《にじ》のようにうれていました。

さて、かすかなかすかな日《ひ》でり雨《あめ》がふりましたので、草《くさ》はきらきら光《ひか》り、むこうの山《やま》は暗《くら》くなりました。

そのかすかなかすかな日《ひ》でり雨《あめ》がはれましたので、草《くさ》はきらきら光《ひか》り、むこうの山《やま》は明《あか》るくなって、たいへんまぶしそうにわらっています。

そっちのほうから、もずが、まるで音譜《おんぷ》をばらばらにしてふりまいたように飛《と》んできて、みんないちどに、銀《ぎん》のすすきの穂《ほ》にとまりました。

めくらぶどうはかんげきして、すきとおったふかいいきをつき葉《は》からしずくをぽたぽたこぼしました。

東《ひがし》のはい色《いろ》の山脈《やまなみ》の上《うえ》を、つめたい風《かぜ》がふっと通《とお》って、大《おお》きな虹《にじ》が、明《あか》るいゆめの橋《はし》のようにやさしく空《そら》にあらわれました。

そこでめくらぶどうの青《あお》じろい樹液《じゅえき》は、はげしくはげしく波《なみ》うちました。

そうです。きょうこそ、ただのひとことでも、虹《にじ》とことばをかわしたい、丘《おか》の上《うえ》の小《ちい》さなめくらぶどうの木《き》が、よるの空《そら》にもえる青《あお》いほのおよりも、もっと強《つよ》い、もっとかなしいおもいを、はるかの美《うつく》しい虹《にじ》にささげると、ただこれだけを伝《つた》えたい、ああ、それからならば、それからならば、実《み》や葉《は》が風《かぜ》にちぎられて、あの明《あか》るいつめたいまっ白《しろ》の冬《ふゆ》のねむりにはいっても、あるいはそのままかれてしまってもいいのでした。

「虹《にじ》さん。どうか、ちょっとこっちを見《み》てください。」めくらぶどうは、ふだんのすきとおる声《こえ》もどこかへいって、しわがれた声《こえ》を風《かぜ》にはんぶんとられながらさけびました。

やさしい虹《にじ》は、うっとり西《にし》の青《あお》い空《そら》をながめていた大《おお》きな青《あお》いひとみを、めくらぶどうにむけました。

「なにかご用《よう》でいらっしゃいますか。あなたはめくらぶどうさんでしょう。」

めくらぶどうは、まるでぶなの木《き》の葉《は》のようにプリプリふるえて、かがやいて、いきがせわしくて思《おも》うようにものがいえませんでした。

「どうかわたしのうやまいを受《う》けとってください。」

虹《にじ》は大《おお》きくといきをつきましたので、黄《き》やすみれは一つずつ声《こえ》をあげるようにかがやきました。そしていいました。

「うやまいを受《う》けることは、あなたもおなじです。なぜそんなにいんきな顔《かお》をなさるのですか。」

「わたしはもう死《し》んでもいいのです。」

「どうしてそんなことを、おっしゃるのです。あなたはまだおわかいではありませんか。

それに雪《ゆき》がふるまでには、まだ二か月《げつ》あるではありませんか。」

「いいえ。わたしの命《いのち》なんか、なんでもないんです。あなたが、もし、もっとりっぱにおなりになるためなら、わたしなんか、百ぺんでも死《し》にます。」

「あら、あなたこそそんなにおりっぱではありませんか。あなたは、たとえば、消《き》えることのない虹《にじ》です。かわらないわたしです。わたしなどはそれはまことにたよりないのです。ほんの十分《ぷん》か十五分《ふん》のいのちです。ただ三秒《びょう》のときさえあります。ところがあなたにかがやく七色《なないろ》はいつまでもかわりません。」

「いいえ、かわります。かわります。わたしの実《み》の光《ひかり》なんか、もうすぐ風《かぜ》にもっていかれます。雪《ゆき》にうずまって白《しろ》くなってしまいます。かれ草《くさ》のなかでくさってしまいます。」

虹《にじ》は思《おも》わずわらいました。

「ええ、そうです。ほんとうはどんなものでもかわらないものはないのです。ごらんなさい。むこうのそらはまっさおでしょう。まるでいい孔雀石《くじゃくいし》のようです。けれどもまもなくお日《ひ》さまがあすこをお通《とお》りになって、山《やま》へおはいりになりますと、あすこは月見草《つきみそう》の花《はな》びらのようになります。それもまもなくしぼんで、やがてたそがれまえの銀色《ぎんいろ》と、それから星《ほし》をちりばめた夜《よる》とがきます。

そのころ、わたしは、どこへゆき、どこに生《う》まれているでしょう。また、この目《め》の前《まえ》の、美《うつく》しい丘《おか》や野原《のはら》も、みな一秒《びょう》ずつけずられたりくずれたりしています。けれども、もしも、まことのちからが、これらのなかにあらわれるときは、すべてのおとろえるもの、しわむもの、さだめないもの、はかないもの、みなかぎりないいのちです。わたくしでさえ、ただ三秒《びょう》ひらめくときも、半時空《はんときそら》にかかるときもいつもおんなじよろこびです。」

「けれども、あなたは、高《たか》く光《ひかり》のそらにかかります。すべて草《くさ》や花《はな》や鳥《とり》は、みなあなたをほめて歌《うた》います。」

「それはあなたもおなじです。すべてわたしにきて、わたしをかがやかすものは、あなたをもきらめかします。わたしにあたえられたすべてのほめことばは、そのままあなたにおくられます。ごらんなさい。まことのひとみでものを見《み》る人《ひと》は、人《ひと》の王《おう》のさかえのきわみをも、野《の》のゆりの一つにくらべようとはしませんでした。それは、人《ひと》のさかえをば、人《ひと》のたくらむように、しばらくまことのちから、かぎりないいのちからはなして見《み》たのです。もしその光《ひかり》のなかでならば、人《ひと》のおごりからあやしい雲《くも》とわきのぼる、ちりのなかのただ一抹《いちまつ》も、神《かみ》の子《こ》のほめたもうた、聖《せい》なるゆりにおとるものではありません。」

「わたしを教《おし》えてください。わたしをつれていってください。わたしはどんなことでもいたします。」

「いいえわたしはどこへもゆきません。いつでもあなたのことを考《かんが》えています。すべてまことのひかりのなかに、いっしょにすむ人《ひと》は、いつでもいっしょにゆくのです。いつまでもほろびるということはありません。けれども、あなたは、もうわたしを見《み》ないでしょう。お日様《ひさま》があまり遠《とお》くなりました。もずが飛《と》びたちます。わたしはあなたにおわかれしなければなりません。」

停車場《ていしゃば》のほうで、するどい笛《ふえ》がピーと鳴《な》りました。

もずはみな、いっぺんに飛《と》びたって、気《き》ちがいになったばらばらの楽譜《がくふ》のように、やかましく鳴《な》きながら、東《ひがし》のほうへ飛《と》んでゆきました。

めくらぶどうは高《たか》くさけびました。

「虹《にじ》さん。わたしをつれていってください。どこへもゆかないでください。」

虹《にじ》はかすかにわらったようでしたが、もうよほどうすくなって、はっきりわかりませんでした。

そして、いまはもう、すっかり消《き》えました。

空《そら》は銀色《ぎんいろ》の光《ひかり》をまし、あまり、もずがやかましいので、ひばりもしかたなく、その空《そら》へのぼって、すこしばかり調子《ちょうし》はずれの歌《うた》をうたいました。

いちょうの実《み》

そらのてっぺんなんかつめたくてつめたくてまるでカチカチのやきをかけた鋼《はがね》です。そして星《ほし》がいっぱいです。けれども東《ひがし》の空《そら》はもうやさしいききょうの花《はな》びらのようにあやしい底光《そこびか》りをはじめました。

その明《あ》け方《がた》の空《そら》の下《した》、ひるの鳥《とり》でもゆかない高《たか》いところをするどい霜《しも》のかけらが風《かぜ》に流《なが》されてサラサラサラサラ南《みなみ》のほうへとんでゆきました。

じつにそのかすかな音《おと》が丘《おか》の上《うえ》の一本《ぽん》いちょうの木《き》に聞《き》こえるくらいすみきった明《あ》け方《がた》です。

いちょうの実《み》はみんないちどに目《め》をさましました。そしてドキッとしたのです。きょうこそはたしかに旅《たび》だちの日《ひ》でした。みんなも前《まえ》からそう思《おも》っていましたし、きのうの夕方《ゆうがた》やってきた二わのからすもそういいました。

「ぼくなんか落《お》ちるとちゅうで目《め》がまわらないだろうか。」一つの実《み》がいいました。

「よく目《め》をつぶっていけばいいさ。」も一つが答《こた》えました。

「そうだ。わすれていた。ぼく水《すい》とうに水《みず》をつめておくんだった。」

「ぼくはね、水《すい》とうのほかにはっか水《すい》を用意《ようい》したよ。すこしやろうか。旅《たび》へ出《で》てあんまり心持《こころも》ちのわるいときはちょっと飲《の》むといいっておっかさんがいったぜ。」

「なぜおっかさんはぼくへはくれないんだろう。」

「だから、ぼくあげるよ。おっかさんをわるく思《おも》っちゃすまないよ。」

そうです。このいちょうの木《き》はおかあさんでした。

ことしは千人《にん》の黄金色《きんいろ》の子《こ》どもが生《う》まれたのです。

そしてきょうこそ子《こ》どもらがみんないっしょに旅《たび》にたつのです。おかあさんはそれをあんまり悲《かな》しんでおうぎ形《がた》の黄金《きん》の髪《かみ》の毛《け》をきのうまでにみんな落《お》としてしまいました。

「ね、あたしどんなとこへいくのかしら。」ひとりのいちょうの女《おんな》の子《こ》が空《そら》を見《み》あげてつぶやくようにいいました。

「あたしだってわからないわ、どこへもいきたくないわね。」もひとりがいいました。

「あたしどんなめにあってもいいから、おっかさんとこにいたいわ。」

「だっていけないんですって。風《かぜ》が毎日《まいにち》そういったわ。」

「いやだわね。」

「そしてあたしたちもみんなばらばらにわかれてしまうんでしょう。」

「ええ、そうよ。もうあたしなんにもいらないわ。」

「あたしもよ。今《いま》までいろいろわがままばっかしいってゆるしてくださいね。」

「あら、あたしこそ。あたしこそだわ。ゆるしてちょうだい。」

東《ひがし》の空《そら》のききょうの花《はな》びらはもういつかしぼんだように力《ちから》なくなり、朝《あさ》の白光《しろびか》りがあらわれはじめました。星《ほし》が一つずつきえてゆきます。

木《き》のいちばんいちばん高《たか》いところにいたふたりのいちょうの男《おとこ》の子《こ》がいいました。

「そら、もう明《あか》るくなったぞ。うれしいなあ。ぼくはきっと黄金色《きんいろ》のお星《ほし》さまになるんだよ。」

「ぼくもなるよ。きっとここから落《お》ちればすぐ北風《きたかぜ》が空《そら》へつれてってくれるだろうね。」

「ぼくは北風《きたかぜ》じゃないと思《おも》うんだよ。北風《きたかぜ》はしんせつじゃないんだよ。ぼくはきっとからすさんだろうと思《おも》うね。」

「そうだ。きっとからすさんだ。からすさんはえらいんだよ。ここから遠《とお》くてまるで見《み》えなくなるまでひと息《いき》に飛《と》んでゆくんだからね。たのんだら、ぼくらふたりぐらいきっといっぺんに青《あお》ぞらまでつれていってくれるぜ。」

「たのんでみようか。はやく来《く》るといいな。」

そのすこし下《した》でもうふたりがいいました。

「ぼくはいちばんはじめにあんずの王様《おうさま》のお城《しろ》をたずねるよ。そしておひめ様《さま》をさらっていったばけものを退治《たいじ》するんだ。そんなばけものがきっとどこかにあるね。」

「うん。あるだろう。けれどもあぶないじゃないか。ばけものは大《おお》きいんだよ。ぼくたちなんか、鼻《はな》でふっとふきとばされちまうよ。」

「ぼくね、いいもの持《も》ってるんだよ。だからだいじょうぶさ。見《み》せようか。そら、ね。」

「これおっかさんの髪《かみ》でこさえた網《あみ》じゃないの。」

「そうだよ。おっかさんがくだすったんだよ。なにかおそろしいことのあったときはこのなかにかくれるんだって。ぼくね、この網《あみ》をふところにいれてばけものに行《い》ってね。もしもし。こんにちは、ぼくをのめますかのめないでしょう。とこういうんだよ。ばけものはおこってすぐのむだろう。ぼくはそのときばけものの胃《い》ぶくろのなかでこの網《あみ》をだしてね、すっかりかぶっちまうんだ。それからおなかじゅうをめっちゃめちゃにこわしちまうんだよ。そら、ばけものはチブスになって死《し》ぬだろう。そこでぼくはでてきてあんずのおひめ様《さま》をつれてお城《しろ》に帰《かえ》るんだ。そしておひめ様《さま》をもらうんだよ。」

「ほんとうにいいね、そんならそのときぼくはお客様《きゃくさま》になっていってもいいだろう。」

「いいともさ。ぼく、国《くに》を半分《はんぶん》わけてあげるよ。それからおっかさんへは毎日《まいにち》おかしやなんかたくさんあげるんだ。」

星《ほし》がすっかりきえました。東《ひがし》の空《そら》は白《しろ》くもえているようです。木《き》がにわかにざわざわしました。もう出発《しゅっぱつ》に間《ま》もないのです。

「ぼく、くつが小《ちい》さいや。めんどうくさい。はだしでいこう。」

「そんならぼくのとかえよう。ぼくのはすこし大《おお》きいんだよ。」

「かえよう。あ、ちょうどいいぜ。ありがとう。」

「わたしこまってしまうわ、おっかさんにもらった新《あたら》しい外套《がいとう》が見《み》えないんですもの。」

「はやくおさがしなさいよ。どのえだにおいたの。」

「わすれてしまったわ。」

「こまったわね。これからひじょうに寒《さむ》いんでしょう。どうしても見《み》つけないといけなくってよ。」

「そら、ね。いいぱんだろう。ほしぶどうがちょっと顔《かお》をだしてるだろう。はやくかばんへ入《い》れたまえ。もうお日《ひ》さまがおでましになるよ。」

「ありがとう。じゃもらうよ。ありがとう。いっしょにいこうね。」

「こまったわ、わたし、どうしてもないわ。ほんとうにわたしどうしましょう。」

「わたしとふたりでいきましょうよ。わたしのをときどきかしてあげるわ。こごえたらいっしょに死《し》にましょうよ。」

東《ひがし》の空《そら》が白《しろ》くもえ、ユラリユラリとゆれはじめました。おっかさんの木《き》はまるで死《し》んだようになってじっと立《た》っています。

とつぜん光《ひかり》のたばが黄金《きん》の矢《や》のように一度《ど》にとんできました。子《こ》どもらはまるでとびあ

がるくらいかがやきました。

北《きた》から氷《こおり》のようにつめたいすきとおった風《かぜ》がゴーッとふいてきました。

「さよなら、おっかさん。」「さよなら、おっかさん。」子《こ》どもらはみんな一度《ど》に雨《あめ》のようにえだからとびおりました。

北風《きたかぜ》がわらって、

「ことしもこれでまずさよならさよならっていうわけだ。」といいながらつめたいガラスのマントをひらめかしてむこうへいってしまいました。

お日様《ひさま》はもえる宝石《ほうせき》のように東《ひがし》の空《そら》にかかり、あらんかぎりのかがやきを悲《かな》しむ母親《ははおや》の木《き》と旅《たび》にでた子《こ》どもらとに投《な》げておやりなさいました。

まなづるとダァリヤ

　くだものの畑《はたけ》の丘《おか》のいただきに、ひまわりぐらいせいの高《たか》い、黄色《きいろ》なダァリヤの花《はな》が二本《ほん》と、まだたけ高《たか》く、赤《あか》い大《おお》きな花《はな》をつけた一本《ぽん》のダァリヤの花《はな》がありました。

　この赤《あか》いダァリヤは花《はな》の女王《じょおう》になろうと思《おも》っていました。

　風《かぜ》が南《みなみ》からあばれてきて、木《き》にも花《はな》にも大《おお》きな雨《あめ》のつぶをたたきつけ、丘《おか》の小《ちい》さなくりの木《き》からさえ、青《あお》いいがや小《こ》えだをむしってけたたましくわらっていくなかで、このりっぱな三本《ぼん》のダァリヤの花《はな》は、しずかにからだをゆすりながら、かえっていつもよりかがやいて見《み》えておりました。

　それからこんどは北風又三郎《きたかぜまたさぶろう》が、ことしはじめてふえのように青《あお》ぞらをさけんですぎたとき、丘《おか》のふもとのやまならしの木《き》はせわしくひらめき、くだもの畑《ばたけ》のなしの実《み》はおちましたが、このたけ高《たか》い三本《ぼん》のダァリヤは、ほんのわずか、きらびやかなわらいをあげただけでした。

※

黄色《きいろ》なほうの一本《ぽん》が、こころを南《みなみ》の青白《あおじろ》い天末《てんまつ》（空《そら》のはて）になげながら、ひとりごとのようにいったのでした。

「お日《ひ》さまは、きょうはコバルトガラスの光《ひかり》のこなを、すこうしよけいにおまきなさるようですわ。」

しみじみと友《とも》だちのほうを見《み》ながら、もう一本《ぽん》の黄色《きいろ》なダァリヤがいいました。

「あなたはきょうはいつもより、すこし青《あお》ざめて見《み》えるのよ。きっとあたしもそうだわ。」

「ええ、そうよ。そしてまあ」赤《あか》いダァリヤにいいました「あなたのきょうのおりっぱなこ

と。あたしなんだかあなたがきゅうにもえだしてしまうような気《き》がするわ。」

赤《あか》いダァリヤの花《はな》は、青《あお》ぞらをながめて、日《ひ》にかがやいて、かすかにわらってこたえました。

「これぱっかしじゃしかたないわ。あたしの光《ひかり》でそこらが赤《あか》くもえるようにならないくらいなら、まるでつまらないのよ。あたしもうほんとうにいらいらしてしまうわ。」

やがて太陽《たいよう》はおち、黄水晶《シトリン》の薄明穹《はくめいきゅう》（夕方《ゆうがた》のうすあかりの空《そら》）もしずみ、星《ほし》が光《ひか》りそめ、空《そら》は青《あお》ぐろい淵《ふち》になりました。

「ピートリリ、ピートリリ。」となって、その星《ほし》あかりの下《した》を、まなづるの黒《くろ》いかげがかけていきました。

「まなづるさん。あたしずいぶんきれいでしょう。」赤《あか》いダァリヤがいいました。

「ああきれいだよ。赤《あか》くってねえ。」

鳥《とり》はむこうの沼《ぬま》のほうのくらやみにきえながらそこにつつましく白《しろ》くさいていた一本《ぽん》の白《しろ》いダァリヤに声《こえ》ひくくさけびました。

「こんばんは。」

白《しろ》いダァリヤはつつましくわらっていました。

※

山々《やまやま》にパラフィンの雲《くも》が白《しろ》くよどみ、夜《よ》があけました。黄色《きいろ》なダァリヤはびっくりして、さけびました。

「まあ、あなたの美《うつく》しくなったこと。あなたのまわりはもも色《いろ》の後光《ごこう》よ。」

「ほんとうよ。あなたのまわりは虹《にじ》から赤《あか》い光《ひかり》だけ集《あつ》めてきたようよ。」

「あら、そう。だってやっぱりつまらないわ。あたし、あたしの光《ひかり》で空《そら》を赤《あか》くしようと思《おも》っているのよ。お日《ひ》さまが、いつもより金粉《きんぷん》をいくらかよけいにまいていらっしゃるのよ。」

黄色《きいろ》な花《はな》は、どちらもだまって口《くち》をつぐみました。

その黄金《きん》いろのまひるについで、藍晶石《らんしょうせき》のさわやかな夜《よる》がまいりました。

いちめんのきら星《ぼし》の下《した》を、もじゃもじゃのまなづるがあわただしく飛《と》んですぎました。

「まなづるさん。あたしかなり光《ひか》っていない？」

「ずいぶん光《ひか》っていますね。」

まなづるは、むこうのほのじろい霧《きり》のなかにおちていきながらまた声《こえ》ひくく白《しろ》いダァリヤへ声《こえ》をかけていきました。

「こんばんは。ごきげんはいかがですか。」

※

星《ほし》はめぐり、金星《きんせい》の終《お》わりの歌《うた》で、そらはすっかり銀色《ぎんいろ》になり、夜《よ》があけました。日光《にっこう》はけさはかがやくこはくの波《なみ》です。

「まあ、あなたの美《うつく》しいこと。後光《ごこう》はきのうの五倍《ばい》も大《おお》きくなってるわ。」

「ほんとうに目《め》もさめるようなのよ。あのなしの木《き》まであなたの光《ひかり》がいってますわ。」

「ええ、それはそうよ。だってつまらないわ。だれもまだあたしを女王《じょおう》さまだとはいわないんだから。」

そこで黄色《きいろ》なダァリヤは、さびしく顔《かお》を見《み》あわせて、それから西《にし》の群青《ぐんじょう》の山脈《やまなみ》にその大《おお》きなひとみをなげました。

かんばしくきらびやかな、秋《あき》の一日《にち》はくれ、つゆはおち星《ほし》はめぐり、そしてあのまなづるが、三つの花《はな》の上《うえ》の空《そら》をだまって飛《と》んですぎました。

「まなづるさん。あたし今夜《こんや》どう見《み》えて？」

「さあ、たいしたもんですね。けれども、もうだいぶくらいからな。」

まなづるはそして向こうの沼《ぬま》の岸《きし》を通《とお》ってあの白《しろ》いダァリヤにいいました。

「こんばんは、いいお晩《ばん》ですね。」

※

夜《よる》があけかかり、そのききょう色《いろ》のうすあかりのなかで、黄色《きいろ》なダァリヤは、赤《あか》い花《はな》をちょっと見《み》ましたが、きゅうになにかこわそうに顔《かお》を見《み》あわせてしまって、ひとこともものをいいませんでした。赤《あか》いダァリヤがさけびました。

「ほんとうにいらいらするってないわ。けさはあたしはどんなに見《み》えているの。」

一つの黄色《きいろ》のダァリヤが、おずおずしながらいいました。

「きっとまっ赤《か》なんでしょうね。だけどあたしらには前《まえ》のように赤《あか》く見《み》えないわ。」

「どう見《み》えるの。いってください。どう見《み》えるの。」

も一つの黄色《きいろ》なダァリヤが、もじもじしながらいいました。

「あたしたちにだけそう見《み》えるのよ。ね。気《き》にかけないでくださいね。あたしたちにはなんだかあなたに黒《くろ》いぶちぶちができたように見《み》えますわ。」

「あらっ。よしてくださいよ。えんぎでもないわ。」

太陽《たいよう》は一日《にち》かがやきましたので、丘《おか》のりんごの半分《はんぶん》はつやつや赤《あか》くなりました。

そして薄明《はくめい》が降《ふ》り、黄昏（たそがれ）《こうこん》がこめ、それから夜《よる》がきました。

まなづるが、

「ピートリリ、ピートリリ。」とないてそらを通《とお》りました。

「まなづるさん。こんばんは、あたし見《み》える？」

「さよう。むずかしいですね。」

まなづるはあわただしく沼《ぬま》のほうへ飛《と》んでいきながら白《しろ》いダァリヤにいいました。

「こんばんは少《すこ》しあたたかですね。」

※

夜《よ》があけはじめました。その青白《あおじろ》いりんごのにおいのするうすあかりのなかで、赤《あか》いダァリヤがいいました。

「ね、あたし、きょうはどんなに見《み》えて。はやくいってくださいな。」

黄色《きいろ》なダァリヤは、いくら赤《あか》い花《はな》を見《み》ようとしても、ふらふらしたうすぐろいものがあるだけでした。

「まだ夜《よ》があけないからわかりませんわ。」

赤《あか》いダァリヤはまるでなきそうになりました。

「ほんとうをいってください。ほんとうをいってください。あなたがた、あたしにかくしているんでしょう。黒《くろ》いの。黒《くろ》いの。」

「ええ、黒《くろ》いようよ。だけどほんとうはよく見《み》えませんわ。」

「あらっ。なんだって。あたし赤《あか》に黒《くろ》のぶちなんていやだわ。」

そのとき顔《かお》の黄《き》いろにとがったせいの低《ひく》いへんな三角《さんかく》のぼうしをかぶったひとがポケットに手《て》をいれてやってきました。そしてダァリヤの花《はな》を見《み》てさけびました。

「あっこれだ。これがおれたちの親方《おやかた》の紋《もん》だ。」

そしてポキリとえだをおりました。赤《あか》いダァリヤはぐったりとなってその手《て》のなかにはいっていきました。

「どこへいらっしゃるのよ。どこへいらっしゃるのよ。あたしにつかまってくださいな。

どこへいらっしゃるのよ。」二つのダァリヤも、たまらずしくりあげながらさけびました。

遠《とお》くからかすかに赤《あか》いダァリヤの声《こえ》がしました。

その声《こえ》もはるかにはるかに遠《とお》くなり、いまは丘《おか》のふもとのやまならしのこずえのさやぎにまぎれました。そして黄色《きいろ》なダァリヤのなみだのなかでギラギラの太陽《たいよう》はのぼりました。

月夜《つきよ》のけだもの

十日《とおか》の月《つき》が西《にし》のれんがべいにかくれるまで、もう一時間《じかん》しかありませんでした。

その青《あお》じろい月《つき》のあかりをあびて、ししはおりのなかをのそのそあるいておりましたが、ほかのけだものどもは、頭《あたま》をまげて前《まえ》あしにのせたり、横《よこ》にごろっところんだりしずかにねむっていました。夜中《よなか》までおりのなかをうろうろうろうろしていたきつねさえ、おかしな顔《かお》をしてねむっているようでした。

わたくしはししのおりのところにもどってきて前《まえ》のベンチにこしかけました。

するとそこらがぼうっとけむりのようになってわたくしもそのけむりだか月《つき》のあかりだかわからなくなってしまいました。

いつのまにか、ししがりっぱな黒《くろ》いフロックコートをきて、かたをはって立《た》って、

「もうよかろうな。」といいました。

するとおくさんのししが太《ふと》い金頭《かながしら》のステッキをうやうやしくわたしました。ししはだまって受《う》けとってわきにはさんでのそりのそりとこんどは自分《じぶん》が見《み》まわりにでました。そこらは水《みず》のころころ流《なが》れる夜《よる》の野原《のはら》です。

ひのき林《ばやし》のへりでししは立《た》ちどまりました。むこうから白《しろ》いものがたいへんいそいでこっちへ走《はし》ってくるのです。

ししはめがねをなおしてきっとそれを見《み》なおしました。それは白《しろ》くまでした。ひじょうにあわててやってきます。ししが頭《あたま》を一つふって道《みち》にステッキをつきだしていいました。

「どうしたのだ。ひどくいそいでいるではないか。」

白《しろ》くまがびっくりして立《た》ちどまりました。その月《つき》にむいたほうのからだはぼうっと燐《りん》(マッチなどに使《つか》う火《ひ》のつきやすい非金属元素《ひきんぞくげんそ》の一つ)のように黄《き》いろにまた青《あお》じろくひかりました。

「はい。大王《だいおう》さまでございますか。けっこうなお晩《ばん》でございます。」

「どこへゆくのだ。」

「すこしたずねるものがございまして。」

「だれだ。」

「むこうの名《な》まえをついわすれまして。」

「どんなやつだ。」

「はい色《いろ》のざらざらしたものではございますが、目《め》は小《ちい》さくていつもわらっているよう。頭《あたま》には聖人《せいじん》のようなりっぱなこぶが三つございます。」

「ははあ、そのかわりすこしからだが大《おお》きすぎるのだろう。」

「はい。しかしごくおとなしゅうございます。」

「ところがそいつの鼻《はな》ときたらひどいもんだ。ぜんたいなんの罰《ばつ》であんなにのびたんだろう。おまけにさきをくるっとまげると、まるでおれのステッキの柄《え》のようになる。」

「はい。それはまったくおおせのとおりでございます。耳《みみ》や足《あし》さきなんかはがさがさしてすこしきたのうございます。」

「そうだ。きたないとも。耳《みみ》はボロボロの麻《あさ》のハンケチあるいは焼《や》いたするめのようだ。足《あし》さきなどはことに見《み》られたものでない。まるでかわいた牛《うし》のくそだ。」

「いや、そうおっしゃってはあんまりでございます。それでお名《な》まえをなんといわれましたでございましょうか。」

「ぞうだ。」

「いまはどちらにおいでございましょうか。」

「おれはぞうの弟子《でし》でもなければ、きさまの小使《こづか》いでもないぞ。」

「はい、失礼《しつれい》をいたしました。それではこれでごめんをこうむります。」

「ゆけゆけ。」白《しろ》くまは頭《あたま》をかきながらいっしょうけんめいむこうへ走《はし》ってゆきました。

ぞうはいまごろどこかで赤《あか》い蛇《じゃ》の目《め》のかさをひろげているはずだがとわたくしは思《おも》いました。


ところがしし は白《しろ》くまのあとをじっと見送《みおく》ってつぶやきました。

「白《しろ》くまめ、ぞうの弟子《でし》になろうというんだな。頭《あたま》の上《うえ》のほうがひらたくていい弟子《でし》になるだろうよ。」

そしてまたのそのそとあるきだしました。

月《つき》の青《あお》いけむりのなかに樹《き》のかげがたくさん棒《ぼう》のようになって落《お》ちました。

そのまっくろな林《はやし》のなかからきつねが赤《あか》じまの運動《うんどう》ズボンをはいてとびだしてきて、い

きなりししの前《まえ》をかけぬけようとしました。ししはさけびました。

「待《ま》て。」

きつねは電気《でんき》をかけられたようにブルルッとふるえてからだじゅうから赤《あか》や青《あお》の火花《ひばな》をそこらじゅうへぱちぱちちらしてはげしく五、六ぺんまわってとまりました。なぜか口《くち》が横《よこ》のほうにひきつっていていじわるそうに見《み》えます。

ししがおちついてうでぐみをしていいました。

「きさまはまだわるいことをやめないな。このまえ首《くび》すじの毛《け》をみんなぬかれたのをもうわすれたのか。」

きつねがガタガタふるえながらいいました。

「だ、大王様《だいおうさま》。わ、わたくしは、い、いまはもうしょう、しょうじきでございます。」歯《は》がカチカチいうたびに青《あお》い火花《ひばな》はそこらへちらばりました。

「火花《ひばな》をだすな。銅《どう》くさくていかん。こら。うそをつくなよ。いまどこへゆくつもりだったのだ。」

きつねはすこしおちつきました。

「マラソンの練習《れんしゅう》でございます。」

「ほんとうだろうな。にわとりをぬすみにゆくところではなかろうな。」

「いえ。たしかにマラソンのほうでございます。」

ししはさけびました。

「それはうそだ。それにだいいち、おまえらにマラソンなどはいらん。そんなことをしているからいつまでもりっぱにならんのだ。いまなにを仕事《しごと》にしている。」

「百姓《ひゃくしょう》でございます。それからマラソンのほうと両方《りょうほう》でございます。」

「うそだ。百姓《ひゃくしょう》ならなにを作《つく》っている。」

「あわとひえ、あわとひえでございます。それから大豆《まめ》でございます。それからキャベジでございます。」

「おまえはあわをたべるのか。」

「それはたべません。」

「なんにするのだ。」

「にわとりにやります。」

「にわとりがあわをほしいというのか。」

「それはよくそう申《もう》します。」

「うそだ。おまえはうそばっかりいっている。おれのほうにはあちこちからたくさんうったえがきている。きょうはおまえのせなかの毛《け》をみんなむしらせるからそう思《おも》え。」

きつねはすっかりしょげて首《くび》をたれてしまいました。

「これで改心《かいしん》しなければこのつぎはいっぺんにひきさいてしまうぞ。ガアッ。」

ししは大《おお》きく口《くち》をひらいて一つどなりました。

きつねはすっかりきもがつぶれてしまってただあきれたように、ししののどの鈴《すず》のもも色《いろ》に光《ひか》るのを見《み》ています。

そのとき林《はやし》のへりのやぶがカサカサいいました。ししがむっと口《くち》をとじてまたいいました。

「だれだ。そこにいるのは。ここへでてこい。」

やぶのなかはしんとしてしまいました。

ししはしばらく鼻《はな》をひくひくさせて、またいいました。

「たぬき、たぬき。こら。かくれてもだめだぞ。でろ。いんけんなやつだ。」

たぬきがやぶからこそこそはいだしてだまってししの前《まえ》に立《た》ちました。

「こらたぬき。おまえは立《た》ちぎきをしていたな。」

たぬきは目《め》をこすって答《こた》えました。

「そうかな。」

そこでししはおこってしまいました。

「そうかなだって。ずるめ、きさまはいつでもそうだ。はりつけにするぞ。はりつけにしてしまうぞ。」

たぬきはやはり目《め》をこすりながら、

「そうかな。」といっています。きつねはきょろきょろその顔《かお》をぬすみ見《み》ました。ししもすこしあきれていいました。

「殺《ころ》されてもいいのか。のんきなやつだ。おまえはいま立《た》ちぎきしていたろう。」

「いいや、おらはねていた。」

「ねていたって。さいしょからねていたのか。」

「ねていた。そしてにわかに耳《みみ》もとでガアッという声《こえ》がするからびっくりして目《め》をさましたのだ。」

「ああそうか。よくわかった。おまえは無罪《むざい》だ。あとでごちそうによんでやろう。」

きつねが口《くち》をだしました。

「大王《だいおう》。こいつはうそつきです。立《た》ちぎきをしていたのです。ねていたなんてうそです。ごちそうなんてとんでもありません。」

たぬきがやっきとなって腹《はら》つづみをたたいてきつねをせめました。

「なんだい。人《ひと》を中傷《ちゅうしょう》するのか。おまえはいつでもそうだ。」

するときつねもいよいよ本気《ほんき》です。

「中傷《ちゅうしょう》というのはな。ありもしないことで人《ひと》をわるくいうことだ。おまえが立《た》ちぎきをしていたのだからそのとおりしょうじきにいうのは中傷《ちゅうしょう》ではない。裁判《さいばん》というもんだ。」

ししがちょっとステッキをつきだしていいました。

「こら、裁判《さいばん》というのはいかん。裁判《さいばん》というのはもっとえらい人《ひと》がするのだ。」

きつねがいいました。

「まちがいました。裁判《さいばん》ではありません。評判《ひょうばん》です。」

ししがまるであからんだくりのいがのような顔《かお》をしてわらいころげました。

「アッハッハ。評判《ひょうばん》ではなんにもならない。アッハッハ。おまえたちにもあきれてしまう。アッハッハ。」

それからやっとわらうのをやめていいました。

「よしよし。たぬきはゆるしてやろう。ゆけ。」

「そうかな。ではさよなら。」とたぬきはまたやぶのなかにはいこみました。カサカサカサカサ音《おと》がだんだん遠《とお》くなります。なんでもよほど遠《とお》くのほうまでゆくらしいのです。

ししはそれをきっと見送《みおく》っていいました。

「きつね。どうだ。これからは改心《かいしん》するか、どうだ。改心《かいしん》するならこんどだけゆるしてやろう。」

「へいへい。それはもう改心《かいしん》でもなんでもきっといたします。」

「改心《かいしん》でもなんでもだと。どんなことだ。」

「へいへい。その改心《かいしん》やなんか、いろいろいいことをみんなしますので。」

「ああやっぱりおまえはまだだめだ。こまったやつだ。しかたない、こんどは罰《ばっ》しなければならない。」

「大王様《だいおうさま》。改心《かいしん》だけをやります。」

「いやいや。朝《あさ》までここにいろ。夜《よ》あけまでに毛《け》をむしる係《かかり》をよこすから。もしにげたらしょうちせんぞ。」

「今月《こんげつ》の毛《け》をむしる係《かかり》はどなたでございますか。」

「さるだ。」

「さる。へい。どうかごめんをねがいます。あいつはわたしとはこのあいだから仲《なか》がわるいのでどんなひどいことをするかしれません。」

「なぜ仲《なか》がわるいのだ。おまえはなにかだましたろう。」

「いいえ。そうではありません。」

「そんならどうしたのだ。」

「さるがわたしのしかけた草《くさ》わなをこわしましたので。」

「そうか。そのわなはなにをとるためだ。」

「にわとりです。」

「ああ、あきれたやつだ。こまったもんだ。」とししは大《おお》きくため息《いき》をつきました。きつねもおいおいなきだしました。

むこうから白《しろ》くまがいちもくさんに走《はし》ってきます。ししは道《みち》へステッキをつきだしてよびとめました。

「とまれ、白《しろ》くま、とまれ。どうしたのだ。ひどくあわてているではないか。」

「はい。ぞうめがわたしの鼻《はな》をのばそうとしてあんまり強《つよ》くひっぱります。」

「ふん、そうか。けがはないか。」

「鼻血《はなぢ》をたくさんだしました。そして卒倒《そっとう》しました。」

「ふん。そうか。それぐらいならよかろう。しかしおまえはぞうの弟子《でし》になろうといったのか。」

「はい。」

「そうか。あんなに鼻《はな》がのびるには天才《てんさい》でなくてはだめだ。ひっぱるくらいでできるもんじゃない。」

おきなぐさ

うずのしゅげを知《し》っていますか。

うずのしゅげは、植物学《しょくぶつがく》ではおきなぐさとよばれますがおきなぐさという名《な》はなんだかあのやさしいわかい花《はな》をあらわさないようにおもいます。

そんならうずのしゅげとはなんのことかといわれてもわたしにはわかったようなまたわからないような気《き》がします。

それはたとえばわたしどものほうでねこやなぎの花芽《かが》をべんべろといいますがそのべんべろがなんのことかわかったようなわからないような気《き》がするのとまったくおなじです。とにかくべんべろという語《ことば》のひびきのなかに、あのやなぎの花芽《かが》の銀《ぎん》ビロードのこころもち、なめらかな春《はる》のはじめの光《ひかり》のぐあいがじつにはっきりでているように、うずのしゅげというときはあの毛莨科《きんぽうげか》のおきなぐさの黒《くろ》じゅすの花《はな》びら、青《あお》じろいやはり銀《ぎん》ビロードのきざみのある葉《は》、それから六月《がつ》のつやつや光《ひか》る冠毛《かんもう》がみなはっきりと目《め》にうかびます。

まっ赤《か》なアネモネの花《はな》のいとこ、きみかげそうやかたくりの花《はな》のともだち、このうずのしゅげの花《はな》をきらいなものはありません。

ごらんなさい。この花《はな》は黒《くろ》じゅすででもこしらえた変《か》わり型《がた》のコップのように見《み》えますが、その黒《くろ》いのはたとえばぶどう酒《しゅ》が黒《くろ》く見《み》えるとおなじです。この花《はな》の下《した》をしじゅういったりきたりするありにわたしはたずねます。

「おまえはうずのしゅげはすきかい、きらいかい。」

ありはかっぱつに答《こた》えます。

「大《だい》すきです。だれだってあのひとをきらいなものはありません。」

「けれどもあの花《はな》はまっ黒《くろ》だよ。」

「いいえ、黒《くろ》く見《み》えるときもそれはあります。けれどもまるでもえあがってまっ赤《か》なときもあります。」

「はてな、おまえたちの目《め》にはそんなぐあいに見《み》えるのかい。」

「いいえ、お日《ひ》さまの光《ひかり》のふるときならだれにだってまっ赤《か》に見《み》えるだろうと思《おも》います。」

「そうそう。もうわかったよ。おまえたちはいつでも花《はな》をすかして見《み》るのだから。」

「そしてあの葉《は》や茎《くき》だってりっぱでしょう。やわらかな銀《ぎん》の糸《いと》が植《う》えてあるようでしょう。わたしたちの仲間《なかま》ではだれかが病気《びょうき》にかかったときはあの糸《いと》をほんのすこうしもらってきてしずかにからだをさすってやります。」

「そうかい。それで、けっきょく、おまえたちはうずのしゅげは大《だい》すきなんだろう。」

「そうです。」

「よろしい。さよなら。気《き》をつけておいで。」

このとおりです。

またむこうの、黒《くろ》いひのきの森《もり》のなかのあき地《ち》に山男《やまおとこ》がいます。山男《やまおとこ》はお日《ひ》さまにむいてたおれた木《き》にこしかけてなにか鳥《とり》をひきさいて食《た》べようとしているらしいのですがなぜあのくろずんだ黄金《きん》の目玉《めだま》を地面《じめん》にじっとむけているのでしょう。鳥《とり》を食《た》べることさえわすれたようです。

あれは空《あ》き地《ち》のかれ草《くさ》のなかに一本《ぽん》のうずのしゅげが花《はな》をつけ風《かぜ》にかすかにゆれているのを見《み》ているからです。

わたしは去年《きょねん》のちょうどいまごろの風《かぜ》のすきとおったある日《ひ》のひるまを思《おも》いだします。それは小岩井農場《こいわいのうじょう》（岩手県《いわてけん》、岩手山《いわてさん》の南《みなみ》ふもとにある農場《のうじょう》）の南《みなみ》、あのゆるやかな七《なな》つ森《もり》のいちばん西《にし》のはずれの西《にし》がわでした。かれ草《くさ》のなかに二本《ほん》のうずのしゅげがもうその黒《くろ》いやわらかな花《はな》をつけていました。

まばゆい白《しろ》い雲《くも》が小《ちい》さな小《ちい》さなきれになってくだけてみだれて空《そら》をいっぱい東《ひがし》のほうへどんどんどんどんとびました。

お日《ひ》さまはなんべんも雲《くも》にかくされて銀《ぎん》のかがみのように白《しろ》く光《ひか》ったりまたかがやいて大《おお》きな宝石《ほうせき》のように青《あお》ぞらのふちにかかったりしました。

山脈《さんみゃく》の雪《ゆき》はまっ白《しろ》にもえ、目《め》のまえの野原《のはら》は黄《き》いろや茶《ちゃ》のしまになってあちこちほりおこされた畑《はたけ》はとびいろの四角《しかく》なきれをあてたように見《み》えたりしました。

おきなぐさはその変幻《へんげん》の光《ひかり》の奇術《トリック》のなかでゆめよりもしずかに話《はな》しました。

「ねえ、雲《くも》がまたお日《ひ》さんにかかるよ。そらむこうの畑《はたけ》がもうかげになった。」

「走《はし》ってくる、はやいねえ、もうからまつも暗《くら》くなった。もうこえた。」

「きた、きた。おおくらい。きゅうにあたりが青《あお》くしんとなった。」

「うん、だけどもう雲《くも》がはんぶんお日《ひ》さんの下《した》をくぐってしまったよ。すぐ明《あか》るくなるんだよ。」

「もうでる。そら、ああ明《あか》るくなった。」

「だめだい。またくるよ、そら、ね、もうむこうのポプラの木《き》が黒《くろ》くなったろう。」

「うん。まるでまわりどうろうのようだねえ。」

「おい、ごらん。山《やま》の雪《ゆき》の上《うえ》でも雲《くも》のかげがすべってるよ。あすこ。そら。ここよりも動《うご》きようがおそいねえ。」

「もうおりてくる。ああこんどははやいはやい、まるで落《お》ちてくるようだ。もうふもとまできちゃった。おや、どこへいったんだろう、見《み》えなくなってしまった。」

「ふしぎだねえ、雲《くも》なんてどこからでてくるんだろう。ねえ、西《にし》のそらは青《あお》じろくて光《ひか》ってよく晴《は》れてるだろう。そして風《かぜ》がどんどん空《そら》をふいてるだろう。それだのにいつまでたっても雲《くも》がなくならないじゃないか。」

「いいや、あすこから雲《くも》がわいてくるんだよ。そら、あすこに小《ちい》さな小《ちい》さな雲《くも》きれがでたろう。きっと大《おお》きくなるよ。」

「ああ、ほんとうにそうだね、大《おお》きくなったねえ。もううさぎぐらいある。」

「どんどんかけてくる。はやいはやい、大《おお》きくなった、白《しろ》くまのようだ。」

「またお日《ひ》さんへかかる。暗《くら》くなるぜ、きれいだねえ。ああきれい。雲《くも》のへりがまるで虹《にじ》でかざったようだ。」

西《にし》のほうの遠《とお》くの空《そら》でさっきまで一生《いっしょう》けんめいないていたひばりがこのとき風《かぜ》に流《なが》されて羽《はね》をへんにかしげながら二人《ふたり》のそばにおりてきたのでした。

「きょうは、風《かぜ》があっていけませんね。」

「おや、ひばりさん、いらっしゃい。きょうなんか高《たか》いとこは風《かぜ》が強《つよ》いでしょうね。」

「ええ、ひどい風《かぜ》ですよ。大《おお》きく口《くち》をあくと風《かぜ》がぼくのからだをまるでビールびんのようにボウと鳴《な》らしてゆくくらいですからね。わめくもうたうも容易《ようい》のこっちゃありませんよ。」

「そうでしょうね。だけどここから見《み》ているとほんとうに風《かぜ》はおもしろそうですよ。ぼくたちもいっぺんとんでみたいなあ。」

「とべるどこじゃない。もう二か月《げつ》お待《ま》ちなさい。いやでもとばなくちゃなりません。」

それから二か月《げつ》めでした。わたしは御明神《ごみょうじん》へいくとちゅうもういっぺんそこへよったのでした。

丘《おか》はすっかりみどりでほたるかずらの花《はな》が子《こ》どもの青《あお》いひとみのよう、小岩井《こいわい》の野原《のはら》には牧草《ぼくそう》や燕麦《オート》がきんきん光《ひか》っておりました。風《かぜ》はもう南《みなみ》からふいていました。

春《はる》の二つのうずのしゅげの花《はな》はすっかりふさふさした銀毛《ぎんげ》のふさにかわっていました。野原《のはら》のポプラのすずいろの葉《は》をちらちらひるがえしふもとの草《くさ》が青《あお》い黄金《きん》のかがやきをあげますとその二つのうずのしゅげの銀毛《ぎんげ》のふさはぷるぷるふるえていまにもとびたちそうでした。

そしてひばりがひくく丘《おか》の上《うえ》をとんでやってきたのでした。

「こんにちは。いいお天気《てんき》です。どうです。もうとぶばかりでしょう。」

「ええ、もうぼくたち遠《とお》いとこへゆきますよ。どの風《かぜ》がぼくたちを連《つ》れてゆくかさっきから見《み》ているんです。」

「どうです。とんでゆくのはいやですか。」

「なんともありません。ぼくたちの仕事《しごと》はもうすんだんです。」

「こわかありませんか。」

「いいえ、とんだってどこへいったって野原《のはら》はお日《ひ》さんの光《ひかり》でいっぱいですよ。ぼくたちばらばらになろうたってどこかのたまり水《みず》の上《うえ》に落《お》ちようたってお日《ひ》さんちゃんと見《み》ていらっしゃるんですよ。」

「そうです、そうです。なんにもこわいことはありません。ぼくだってもういつまでこの野原《のはら》にいるかわかりません。もし来年《らいねん》もいるようだったら来年《らいねん》はぼくはここへ巣《す》をつくりますよ。」

「ええ、ありがとう。ああ、ぼくまるで息《いき》がせいせいする。きっとこんどの風《かぜ》だ。ひばりさん、さよなら。」

「ぼくも、ひばりさん、さよなら。」

「じゃ、さよなら。お大事《だいじ》においでなさい。」

きれいなすきとおった風《かぜ》がやってまいりました。まずむこうのポプラをひるがえし、青《あお》の燕麦《オート》に波《なみ》をたてそれから丘《おか》にのぼってきました。

うずのしゅげは光《ひか》ってまるでおどるようにふらふらしてさけびました。

「さよなら、ひばりさん、さよなら、みなさん。お日《ひ》さん、ありがとうございました。」

そしてちょうど星《ほし》がくだけて散《ち》るときのようにからだがばらばらになって一本《ぽん》ずつの銀《ぎん》毛《げ》はまっ白《しろ》に光《ひか》り、羽虫《はむし》のように北《きた》のほうへとんでいきました。そしてひばりは鉄砲玉《てっぽうだま》のように空《そら》へとびあがってするどいみじかい歌《うた》をほんのちょっとうたったのでした。

わたしは考《かんが》えます。なぜひばりはうずのしゅげの銀毛《ぎんげ》のとんでいった北《きた》のほうへとばなかったか、まっすぐに空《そら》のほうへとんだか。

それはたしかに二つのうずのしゅげのたましいが天《てん》のほうへいったからです。そしてもう追《お》いつけなくなったときひばりはあのみじかいわかれの歌《うた》をおくったのだろうと思《おも》います。そんなら天上《てんじょう》へいった二つの小《ちい》さなたましいはどうなったか、わたしはそれは二つの小《ちい》さな変光星《へんこうせい》になったと思《おも》います。なぜなら変光星《へんこうせい》はあるときは黒《くろ》くて天文台《てんもんだい》からも見《み》えずあるときはありがいったように赤《あか》く光《ひか》って見《み》えるからです。

雪渡《ゆきわた》り

雪渡《ゆきわた》り　その一（小《こ》ぎつねの紺三郎《こんざぶろう》）

雪《ゆき》がすっかりこおって大理石《だいりせき》よりもかたくなり、空《そら》もつめたいなめらかな青《あお》い石《いし》の板《いた》でできているらしいのです。

「かた雪《ゆき》かんこ、しみ雪《ゆき》しんこ。」

お日様《ひさま》がまっ白《しろ》にもえてゆりのにおいをまきちらしまた雪《ゆき》をぎらぎらてらしました。

木《き》なんかみんなザラメをかけたように霜《しも》でぴかぴかしています。

「かた雪《ゆき》かんこ、しみ雪《ゆき》しんこ。」

四郎《しろう》とかん子《こ》とは小《ちい》さな雪《ゆき》ぐつをはいてキックキックキック、野原《のはら》にでました。

こんなおもしろい日《ひ》が、またとあるでしょうか。いつもは歩《ある》けないきびの畑《はたけ》の中《なか》でも、すすきでいっぱいだった野原《のはら》の上《うえ》でも、すきなほうへどこまででもゆけるのです。たいらなことはまるで一まいの板《いた》です。そしてそれがたくさんの小《ちい》さな小《ちい》さなかがみのようにキラキラキラキラ光《ひか》るのです。

「かた雪《ゆき》かんこ、しみ雪《ゆき》しんこ。」

ふたりは森《もり》のちかくまできました。大《おお》きなかしわの木《き》は、えだもうずまるくらいりっぱなすきとおったつららをさげて重《おも》そうにからだをまげておりました。

「かた雪《ゆき》かんこ、しみ雪《ゆき》しんこ。きつねの子《こ》ぁ、嫁《よめ》ぃほしい、ほしい。」とふたりは森《もり》へむいて高《たか》くさけびました。

しばらくしいんとしましたので、ふたりはも一度《ど》さけぼうとして息《いき》をのみこんだとき森《もり》の中《なか》から、

「しみ雪《ゆき》しんしん、かた雪《ゆき》かんかん。」といいながら、キシリキシリ雪《ゆき》をふんで白《しろ》いきつねの子《こ》がでてきました。

四郎《しろう》はすこしぎょっとしてかん子《こ》をうしろにかばって、しっかり足《あし》をふんばってさけびました。

「きつねこんこん白《しろ》ぎつね、お嫁《よめ》ほしけりゃ、とってやろよ。」

するときつねがまだまるで小《ちい》さいくせに銀《ぎん》の針《はり》のようなおひげをピンと一つひねっていいました。

「四郎《しろう》はしんこ、かん子《こ》はかんこ、おらはお嫁《よめ》はいらないよ。」

四郎《しろう》がわらっていいました。

「きつねこんこん、きつねの子《こ》、お嫁《よめ》がいらなきゃもちやろか。」

するときつねの子《こ》も頭《あたま》を二つ三つふっておもしろそうにいいました。

「四郎《しろう》はしんこ、かん子《こ》はかんこ、きびのだんごをおれやろか。」

かん子《こ》もあんまりおもしろいので四郎《しろう》のうしろにかくれたままそっと歌《うた》いました。

「きつねこんこんきつねの子《こ》、きつねのだんごは兎《うさ》のくそ。」

すると小《こ》ぎつね紺三郎《こんざぶろう》がわらっていいました。

「いいえ、けっしてそんなことはありません。あなたがたのようなりっぱなおかたがうさぎの茶色《ちゃいろ》のだんごなんかめしあがるもんですか。わたしらはぜんたい、いままで人《ひと》をだますなんてあんまり無実《むじつ》の罪《つみ》をきせられていたのです。」

四郎《しろう》がおどろいてたずねました。

「そいじゃきつねが人《ひと》をだますなんてうそかしら。」

紺三郎《こんざぶろう》が熱心《ねっしん》にいいました。

「うそですとも。けだしもっともひどいうそです。だまされたという人《ひと》はたいていお酒《さけ》によったり、おくびょうでくるくるしたりした人《ひと》です。おもしろいですよ。甚兵衛《じんべえ》さんがこのまえ、月夜《つきよ》の晩《ばん》わたしたちのおうちの前《まえ》にすわってひとばん浄瑠璃《じょうるり》（三味線《しゃみせん》に合《あ》わせて語《かた》る物語《ものがたり》）をやりましたよ。わたしらはみんなでて見《み》たのです。」

四郎《しろう》がさけびました。

「甚兵衛《じんべえ》さんなら浄瑠璃《じょうるり》じゃないや。きっと浪花節《なにわぶし》だぜ。」

小《こ》ぎつね紺三郎《こんざぶろう》はなるほどという顔《かお》をして、

「ええ、そうかもしれません。とにかくおだんごをおあがりなさい。わたしのさしあげるのは、ちゃんとわたしが畑《はたけ》をつくってまいて草《くさ》をとって刈《か》ってたたいて粉《こな》にしてねってむしておさとうをかけたのです。いかがですか。一《ひと》さらさしあげましょう。」

といいました。

と四郎《しろう》がわらって、

「紺三郎《こんざぶろう》さん、ぼくらはちょうどいまね、おもちをたべてきたんだからおなかがへらないんだよ。このつぎにおよばれしようか。」

小《こ》ぎつねの紺三郎《こんざぶろう》がうれしがってみじかいうでをばたばたしていいました。

「そうですか。そんならこんど幻灯会《げんとうかい》のときさしあげましょう。幻灯会《げんとうかい》にはきっといらっしゃい。このつぎの雪《ゆき》のこおった月夜《つきよ》の晩《ばん》です。八時《じ》からはじめますから、入場券《にゅうじょうけん》をあげておきましょう。何《なん》まいあげましょうか。」

「そんなら五まいおくれ。」と四郎《しろう》がいいました。

「五まいですか。あなたがた二まいにあとの三まいはどなたですか。」と紺三郎《こんざぶろう》がいいました。

「兄《にい》さんたちだ。」と四郎《しろう》が答《こた》えますと、

「兄《にい》さんたちは十一歳以下《さいいか》ですか。」と紺三郎《こんざぶろう》がまたたずねました。

「いや小兄《ちいにい》さんは四年生《ねんせい》だからね、八つの四つで十二歳《さい》。」と四郎《しろう》がいいました。

するとと紺三郎《こんざぶろう》はもっともらしくまたおひげを一つひねっていいました。

「それではざんねんですが兄《にい》さんたちはおことわりです。あなたがただけいらっしゃい。特別席《とくべつせき》をとっておきますから、おもしろいんですよ。幻灯《げんとう》は第《だい》一が『お酒《さけ》をのむべからず。』これはあなたの村《むら》の太右衛門《たえもん》さんと、清作《せいさく》さんがお酒《さけ》をのんでとうとう目《め》がくらんで野原《のはら》にあるへんてこなおまんじゅうや、おそばをたべようとしたところです。わたしも写真《しゃしん》のなかにうつっています。第《だい》二が『わなに注意《ちゅうい》せよ。』これはわたしどものこん兵衛《べえ》が野原《のはら》でわなにかかったのをかいたのです。絵《え》です。写真《しゃしん》ではありません。第《だい》三が『火《ひ》を軽《けい》べつすべからず。』これはわたしどものこん助《すけ》があなたのおうちへいってしっぽを焼《や》いたけしきです。ぜひおいでください。」

ふたりはよろこんでうなずきました。
きつねはおかしそうに口《くち》をまげて、キックキックトントンキックキックキックトントントンと足《あし》ぶみをはじめて、しっぽと頭《あたま》をふってしばらく考《かんが》えていましたがやっと思《おも》いついたらしく、両手《りょうて》をふって調子《ちょうし》をとりながら歌《うた》いはじめました。
「しみ雪《ゆき》しんこ、かた雪《ゆき》かんこ、
　野原《のはら》のまんじゅうはポッポッポ。
酔《よ》ってひょろひょろ太右衛門《たえもん》が、
　去年《きょねん》、三十八、たべた。
しみ雪《ゆき》しんこ、かた雪《ゆき》かんこ、
　野原《のはら》のおそばはホッホッホ。
酔《よ》ってひょろひょろ清作《せいさく》が、
　去年《きょねん》十三ばいたべた。」
四郎《しろう》もかん子《こ》もすっかりつりこまれて、もうきつねといっしょにおどっています。
キック、キック、トントン。キック、キック、トントン。キック、キック、キック、キック、

キック、トントントン。

　四郎《しろう》が歌《うた》いました。

「きつねこんこんきつねの子《こ》、去年《きょねん》きつねのこん兵衛《べえ》が、ひだりの足《あし》をわなにいれ、こんこんばたばたこんこんこん。」

　かん子《こ》が歌《うた》いました。

「きつねこんこんきつねの子《こ》、去年《きょねん》きつねのこん助《すけ》が、やいた魚《さかな》をとろとしておしりに火《ひ》がつききゃんきゃんきゃん。」

　キック、キック、トントン。キック、キック、トントン。キック、キック、キック、キック、キックトントントントン。

　そして三人《にん》はおどりながらだんだん林《はやし》の中《なか》にはいっていきました。赤《あか》い封蠟《ふうろう》（びんのふたなどを密封《みっぷう》するときに使《つか》うろう状物質《じょうぶっしつ》）細工《ざいく》のほおの木《き》の芽《め》が、風《かぜ》にふかれてピッカリピッカリと光《ひか》り、林《はやし》の中《なか》の雪《ゆき》にはあい色《いろ》の木《き》のかげがいちめん網《あみ》になって落《お》ちて日光《にっこう》のあたるところには銀《ぎん》のゆりがさいたように見《み》えました。

　すると小《こ》ぎつね紺三郎《こんざぶろう》がいいました。

「鹿《しか》の子《こ》もよびましょうか。鹿《しか》の子《こ》はそりゃ笛《ふえ》がうまいんですよ。」

四郎《しろう》とかん子《こ》とは手《て》をたたいてよろこびました。そこで三人《にん》はいっしょにさけびました。

「かた雪《ゆき》かんこ、しみ雪《ゆき》しんこ、鹿《しか》の子《こ》ぁ嫁《よめ》ぃほしい、ほしい。」

するとむこうで、

「北風《きたかぜ》ぴいぴい風三郎《かぜさぶろう》、西風《にしかぜ》どうどう又三郎《またさぶろう》。」とほそいいい声《こえ》がしました。

きつねの子《こ》の紺三郎《こんざぶろう》がいかにもばかにしたように、口《くち》をとがらしていいました。

「あれは鹿《しか》の子《こ》です。あいつはおくびょうですからとてもこっちへきそうにありません。けれどもういっぺんさけんでみましょうか。」

そこで三人《にん》はまたさけびました。

「かた雪《ゆき》かんこ、しみ雪《ゆき》しんこ、鹿《しか》の子《こ》ぁ嫁《よめ》ぃほしい、ほしい。」

するとこんどはずうっと遠《とお》くで風《かぜ》の音《おと》か笛《ふえ》の声《こえ》か、または鹿《しか》の子《こ》の歌《うた》かこんなようにきこえました。

「北風《きたかぜ》ぴいぴい、かんこかんこ

西風《にしかぜ》どうどう、どっこどっこ。」

きつねはまた、ひげをひねっていいました。

「雪《ゆき》がやわらかになるといけませんからもうお帰《かえ》りなさい。こんど月夜《つきよ》に雪《ゆき》がこおったらきっとおいでください。さっきの幻灯《げんとう》をやりますから。」

そこで四郎《しろう》とかん子《こ》とは、

「かた雪《ゆき》かんこ、しみ雪《ゆき》しんこ。」と歌《うた》いながら銀《ぎん》の雪《ゆき》をわたっておうちへ帰《かえ》りました。

「かた雪《ゆき》かんこ、しみ雪《ゆき》しんこ。」

雪渡《ゆきわた》り　その二（きつね小学校《しょうがっこう》の幻灯会《げんとうかい》）

青白《あおじろ》い大《おお》きな十五夜《や》のお月様《つきさま》がしずかに氷《ひ》の上山《かみやま》からのぼりました。

雪《ゆき》はチカチカ青《あお》く光《ひか》り、そしてきょうも寒水石《かんすいせき》（白《しろ》または青黒《あおぐろ》い石灰岩《せっかいがん》の一種《しゅ》）のようにかたくこおりました。

四郎《しろう》はきつねの紺三郎《こんざぶろう》とのやくそくを思《おも》いだして妹《いもうと》のかん子《こ》にそっといいました。

「今夜《こんや》きつねの幻灯会《げんとうかい》なんだね。いこうか。」

するとかん子《こ》は、

「いきましょう。いきましょう。きつねこんこんきつねの子《こ》、こんこんきつねの紺三郎《こんざぶろう》。」とはねあがって高《たか》くさけんでしまいました。

すると二番《ばん》めの兄《にい》さんの二郎《じろう》が、

「おまえたちはきつねのとこへあそびにいくのかい。ぼくもいきたいな。」といいました。

四郎《しろう》はこまってしまってかたをすくめていいました。

「大兄《おおにい》さん。だって、きつねの幻灯会《げんとうかい》は十一歳《さい》までですよ、入場券《にゅうじょうけん》に書《か》いてあるんだもの。」

二郎《じろう》がいいました。

「どれ、ちょっとお見《み》せ、ははあ、学校生徒《がっこうせいと》の父兄《ふけい》にあらずして十二歳以上《さいいじょう》の来賓《らいひん》は入場《にゅうじょう》をお断《ことわ》り申《もう》し候《そろ》。きつねなんてなかなかうまくやってるね。ぼくはいけないんだね。しかたないや。おまえたちいくんならおもちを持《も》っていっておやりよ。そら、このかがみもちがいいだろう。」

四郎《しろう》とかん子《こ》はそこで小《ちい》さな雪《ゆき》ぐつをはいておもちをかついで外《そと》にでました。

きょうだいの一郎二郎三郎《いちろうじろうさぶろう》は戸口《とぐち》にならんで立《た》って、

「いっておいで。おとなのきつねにあったらいそいで目《め》をつぶるんだよ。そら、ぼくら、はやしてやろうか。かた雪《ゆき》かんこ、しみ雪《ゆき》しんこ、きつねの子《こ》ぁ嫁《よめ》ぃほしいほしい。」とさけびました。

お月様《つきさま》は空《そら》に高《たか》くのぼり森《もり》は青白《あおじろ》いけむりにつつまれています。ふたりはもうその森《もり》の入《い》り口《ぐち》にきました。

すると胸《むね》にどんぐりのきしょうをつけた白《しろ》い小《ちい》さなきつねの子《こ》が立《た》っていていいました。

「こんばんは。おはようございます。入場券《にゅうじょうけん》はお持《も》ちですか。」

「持《も》っています。」

ふたりはそれをだしました。

「さあ、どうぞあちらへ。」きつねの子《こ》がもっともらしくからだをまげて目《め》をパチパチしながら林《はやし》のおくを手《て》でおしえました。

林《はやし》の中《なか》には月《つき》の光《ひかり》が青《あお》い棒《ぼう》を何本《なんぼん》もななめに投《な》げこんだようにさしておりました。その中《なか》のあき地《ち》にふたりはきました。

見《み》るともうきつねの学校生徒《がっこうせいと》がたくさん集《あつ》まってくりの皮《かわ》をぶっつけあったりすもうをとったり、ことにおかしいのは小《ちい》さな小《ちい》さなねずみぐらいのきつねの子《こ》が大《おお》きな子《こ》どものきつねのかたぐるまにのってお星様《ほしさま》をとろうとしているのです。

みんなの前《まえ》の木《き》のえだに白《しろ》い一まいのしきふがさがっていました。

ふいにうしろで、

「こんばんは、よくおいででした。先日《せんじつ》はしつれいいたしました。」という声《こえ》がしますので四郎《しろう》とかん子《こ》とはびっくりしてふりむいてみると紺三郎《こんざぶろう》です。

紺三郎《こんざぶろう》なんかまるでりっぱな燕尾服《えんびふく》を着《き》てすいせんの花《はな》を胸《むね》につけてまっ白《しろ》なハンケチでしきりにそのとがったお口《くち》をふいているのです。

四郎《しろう》はちょっとおじぎをしていいました。

「このあいだはしっけい。それから、こんばんはありがとう。このおもちをみなさんであ

がってください。」

きつねの学校生徒《がっこうせいと》はみんなこっちを見《み》ています。

紺三郎《こんざぶろう》は胸《むね》をいっぱいにはってすましてもちを受《う》けとりました。

「これはどうもおみやげをいただいてすみません。どうかごゆるりとなすってください。もうすぐ幻灯《げんとう》もはじまります。わたしはちょっとしつれいいたします。」

紺三郎《こんざぶろう》はおもちを持《も》ってむこうへいきました。

きつねの学校生徒《がっこうせいと》は声《こえ》をそろえてさけびました。

「かた雪《ゆき》かんこ、しみ雪《ゆき》しんこ、かたいおもちはかったらこ、白《しろ》いおもちはべったらこ。」

幕《まく》の横《よこ》に、

「寄贈《きぞう》、おもちたくさん、人《ひと》の四郎氏《しろうし》、人《ひと》のかん子氏《こし》。」と大《おお》きな札《ふだ》がでました。きつねの生徒《せいと》はよろこんで手《て》をパチパチたたきました。

そのときピーと笛《ふえ》がなりました。

紺三郎《こんざぶろう》がエヘンエヘンとせきばらいをしながら幕《まく》の横《よこ》からでてきてていねいにおじぎを

しました。みんなはしんとなりました。

「今夜《こんや》は美《うつく》しい天気《てんき》です。お月様《つきさま》はまるでしんじゅのおさらです。お星《ほし》さまは野原《のはら》のつゆがキラキラかたまったようです。さてただいまから幻灯会《げんとうかい》をやります。みなさんはまたたきやくしゃみをしないで目《め》をまんまろに開《ひら》いて見《み》ていてください。

それから今夜《こんや》はたいせつなふたりのお客《きゃく》さまがありますから、どなたもしずかにしないといけません。けっしてそっちのほうへくりの皮《かわ》を投《な》げたりしてはなりません。開会《かいかい》の辞《じ》です。」

みんなよろこんでパチパチ手《て》をたたきました。そして四郎《しろう》がかん子《こ》にそっといいました。

「紺三郎《こんざぶろう》さんはうまいんだね。」

笛《ふえ》がピーとなりました。

『お酒《さけ》をのむべからず』大《おお》きな字《じ》が幕《まく》にうつりました。そしてそれがきえて写真《しゃしん》がうつりました。ひとりのお酒《さけ》に酔《よ》った人間《にんげん》のおじいさんがなにかおかしなまるいものをつかんでいるけしきです。

みんなは足《あし》ぶみをして歌《うた》いました。

キックキックトントンキックキックキックトントントン

しみ雪《ゆき》しんこ、かた雪《ゆき》かんこ、

　野原《のはら》のまんじゅうはぽっぽぽっぽ

酔《よ》ってひょろひょろ太右衛門《たえもん》が

　去年《きょねん》、三十八たべた。

キックキックキックキックトントントン

写真《しゃしん》がきえました。四郎《しろう》はそっとかん子《こ》にいいました。

「あの歌《うた》は紺三郎《こんざぶろう》さんのだよ。」

べつに写真《しゃしん》がうつりました。ひとりのお酒《さけ》に酔《よ》った若《わか》い者《もの》がほおの木《き》の葉《は》でこしらえたおわんのようなものに顔《かお》をつっこんで、なにかたべています。紺三郎《こんざぶろう》が白《しろ》いはかまをはいてむこうで見《み》ているけしきです。

みんなは足《あし》ぶみをして歌《うた》いました。

キックキックトントン、キックキックキック、トントントン

しみ雪《ゆき》しんこ、かた雪《ゆき》かんこ、
野原《のはら》のおそばはぽっぽっぽ、
酔《よ》ってひょろひょろ清作《せいさく》が
去年《きょねん》十三ばいたべた。
キック、キック、キック、キック、トン、トン、トン。
写真《しゃしん》がきえてちょっとやすみになりました。
かわいらしいきつねの女《おんな》の子《こ》がきびだんごをのせたおさらを二つ持《も》ってきました。
四郎《しろう》はすっかりよわってしまいました。なぜってたったいま太右衛門《たえもん》と清作《せいさく》との悪《わる》いものを知《し》らないでたべたのを見《み》ているのですから。
それにきつねの学校生徒《がっこうせいと》がみんなこっちをむいて、「くうだろうか。ね。くうだろうか。」なんてひそひそ話《はな》しあっているのです。かん子《こ》ははずかしくておさらを手《て》に持《も》ったまま、まっ赤《か》になってしまいました。すると四郎《しろう》が決心《けっしん》していいました。
「ね。たべよう。おたべよ。ぼくは紺三郎《こんざぶろう》さんがぼくらをだますなんて思《おも》わないよ。」そしてふたりはきびだんごをみんなたべました。そのおいしいことはほっぺたも落《お》ちそうです。きつねの学校生徒《がっこうせいと》はもうあんまりよろこんでみんなおどりあがってしまいました。
キックキックトントン、キックキックトントン。
「ひるはカンカン日《ひ》のひかり
よるはツンツン月《つき》あかり
たとえからだを、さかれても
きつねの生徒《せいと》はうそいうな。」
キック、キックトントン、キックキックトントン。
「ひるはカンカン日《ひ》のひかり
よるはツンツン月《つき》あかり
たとえこごえてたおれても
きつねの生徒《せいと》はぬすまない。」
キックキックトントン、キックキックトントン。
「ひるはカンカン日《ひ》のひかり
よるはツンツン月《つき》あかり

たとえからだがちぎれても
きつねの生徒《せいと》はそねまない。」

キックキックトントン、キックキックトントントン。

四郎《しろう》もかん子《こ》もあんまりうれしくてなみだがこぼれました。

笛《ふえ》がピーとなりました。

『わなを軽《けい》べつすべからず』と大《おお》きな字《じ》がうつりそれがきえて絵《え》がうつりました。きつねのこん兵衛《べえ》がわなに左足《ひだりあし》をとられたけしきです。

「きつねこんこんきつねの子《こ》、去年《きょねん》きつねのこん兵衛《べえ》が
左《ひだり》の足《あし》をわなにいれ、こんこんばたばた
こんこんこん。」

とみんなが歌《うた》いました。

四郎《しろう》がそっとかん子《こ》にいいました。

「ぼくの作《つく》った歌《うた》だねい。」

絵《え》がきえて『火《ひ》を軽《けい》べつすべからず』という字《じ》があらわれました。それもきえて絵《え》がう

つりました。きつねのこん助《すけ》がやいたお魚《さかな》をとろうとして、しっぽに火《ひ》がついたところです。

きつねの生徒《せいと》がみなさけびました。

「きつねこんこんきつねの子《こ》。去年《きょねん》きつねのこん助《すけ》が

やいた魚《さかな》をとろとして、おしりに火《ひ》がつき

きゃんきゃんきゃん。」

笛《ふえ》がピーとなり幕《まく》は明《あか》るくなって紺三郎《こんざぶろう》がまたでてきていいました。

「みなさん。こんばんの幻灯《げんとう》はこれでおしまいです。今夜《こんや》みなさんはふかく心《こころ》にとめなければならないことがあります。それはきつねのこしらえたものを、かしこいすこしも酔《よ》わない人間《にんげん》のお子《こ》さんがたべてくだすったということです。そこでみなさんはこれからも、おとなになってもうそをつかず人《ひと》をそねまず、わたしどもきつねのいままでの悪《わる》い評判《ひょうばん》をすっかりなくしてしまうだろうと思《おも》います。閉会《へいかい》の辞《じ》です。」

きつねの生徒《せいと》はみんな感動《かんどう》して両手《りょうて》をあげたりワーッと立《た》ちあがりました。そしてキラキラなみだをこぼしたのです。

紺三郎《こんざぶろう》がふたりの前《まえ》にきて、ていねいにおじぎをしていいました。

「それでは、さようなら。今夜《こんや》のご恩《おん》はけっしてわすれません。」

ふたりもおじぎをしてうちのほうへ帰《かえ》りました。きつねの生徒《せいと》たちが追《お》いかけてきてふたりのふところやかくしにどんぐりだのくりだの青《あお》びかりの石《いし》だのをいれて、

「そら、あげますよ。」「そら、とってください。」なんていって風《かぜ》のようににげ帰《かえ》っていきます。

紺三郎《こんざぶろう》はわらって見《み》ていました。

ふたりは森《もり》をでて野原《のはら》をゆきました。

その青白《あおじろ》い雪《ゆき》の野原《のはら》のまん中《なか》で三人《にん》の黒《くろ》いかげがむこうからくるのを見《み》ました。それはむかえにきた兄《にい》さんたちでした。

シグナルとシグナレス

（一）

『ガタンコガタンコ、シュウフツフツ、
さそりの赤眼《あかめ》が　見《み》えたころ、
四時《じ》から今朝《けさ》も　やって来《き》た。
遠野《とおの》の盆地《ぼんち》は　まっくらで、
つめたい水《みず》の　声《こえ》ばかり。
ガタンコガタンコ、シュウフツフツ、
凍《こご》えた砂利《じゃり》に　湯気《ゆげ》を吐《は》き、

火花《ひばな》を闇《やみ》に　まきながら、
蛇紋岩《さあぺんていん》の　崖《がけ》に来《き》て、
やっと東《ひがし》が　燃《も》え出《だ》した。

ガタンコガタンコ、シュウフツフツ、
鳥《とり》がなき出《だ》し　木《き》は光《ひか》り、
青々川《あおあおがわ》は　ながれたが、
丘《おか》もはざまも　いちめんに、
まぶしい霜《しも》を　載《の》せていた。
ガタンコガタンコ、シュウフツフツ、
やっぱりかけると　あつたかだ。
僕《ぼく》はほうほう　汗《あせ》が出《で》る。
もう七八里《り》　はせたいな、
今日《きょう》も、一日《にち》　霜《しも》ぐもり。
ガタンガタン、ギー、シュウシュウ。』

軽便鉄道《けいべんてつどう》の東《ひがし》からの一番列車《ばんれっしゃ》が少《すこ》しあわてたようにこう歌《うた》いながらやって来《き》てとまりました。機関車《きかんしゃ》の下《した》からは、力《ちから》のない湯気《ゆげ》が逃《に》げ出《だ》して行《ゆ》き、ほそ長《なが》いおかしな形《かたち》の煙突《えんとつ》からは青《あお》いけむりが、ほんの少《すこ》うし立《た》ちました。

そこで軽便鉄道《けいべんてつどう》附《つ》きの電信柱《でんしんばしら》どもは、やっと安心《あんしん》したように、ぶんぶんとうなり、シグナルの柱《はしら》はかたんと白《しろ》い腕木《うでぎ》をあげました。このまっすぐなシグナルの柱《はしら》は、シグナレスでした。

シグナレスはほっと小《ちい》さなため息《いき》を

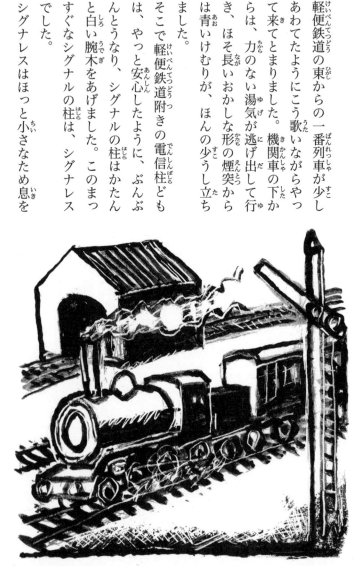

ついて空《そら》を見上《みあ》げました。そらにはうすい雲《くも》が縞《しま》になっていっぱいに充《み》ち、それはつめたい白光《しろびかり》、凍《こお》った地面《じめん》に降《ふ》らせながら、しずかに東《ひがし》へ流《なが》れていたのです。シグナレスはじっとその雲《くも》の行《ゆ》く方《え》をながめました。それからやさしい腕木《うでぎ》を思《おも》い切《き》りそっちの方《ほう》へ延《の》ばしながら、ほんのかすかにひとりごとをいいました。

『今朝《けさ》は伯母《おば》さんたちもきっとこっちの方《ほう》を見《み》ていらっしゃるわ。』シグナレスはいつまでもいつまでもそっちに気《き》をとられて居《お》りました。

『カタン。』

うしろの方《ほう》のしずかな空《そら》でいきなり音《おと》がしましたのでシグナレスは急《いそ》いでそっちを振《ふ》り向《む》きました。ずうっと積《つ》まれた黒《くろ》い枕木《まくらぎ》の向《む》こうにあのりっぱな本線《ほんせん》のシグナルばしらが今《いま》はるかの南《みなみ》から、かがやく白《しろ》けむりをあげてやって来《く》る列車《れっしゃ》を迎《むか》える為《ため》にその上《うえ》の硬《かた》い腕《うで》をさげたところでした。

『お早《はよ》う今朝《けさ》は暖《あたたか》ですね。』本線《ほんせん》のシグナル柱《ばしら》はキチンと兵隊《へいたい》のように立《た》ちながらいやにまじめくさって挨拶《あいさつ》しました。

『お早《はよ》うございます。』シグナレスはふし目《め》になって声《こえ》を落《お》として答《こた》えました。

『若《わか》さま、いけません。これからはあんなものにやたらに声《こえ》をおかけなさらないようにねがいます。』本線《ほんせん》のシグナルに夜電気《よるでんき》を送《おく》る太《ふと》い電信《でんしん》ばしらがさももったいぶって申《もう》しました。

本線《ほんせん》のシグナルはきまり悪《わる》そうにもじもじしてだまってしまいました。気《き》の弱《よわ》いシグナレスはまるでもう消《き》えてしまうか飛《と》んでしまうかしたいと思《おも》いました。けれどもどうにも仕《し》方《かた》がありませんでしたからやっぱりじっと立《た》っていたのです。

雲《くも》の縞《しま》は薄《うす》い＊琥珀《こはく》の板《いた》のようにうるみ、かすかなかすかな日光《にっこう》が降《ふ》って来《き》ましたので本線《ほんせん》シグナル附《つ》きの電信柱《でんしんばしら》はうれしがってむこうの野原《のはら》を行《ゆ》く小《ちい》さな荷馬車《にばしゃ》を見《み》ながら低《ひく》く調《ちょう》子《し》はずれの歌《うた》をやりました。

『ゴゴン、ゴーゴー、
　うすい雲《くも》から
　酒《さけ》が降《ふ》り出《だ》す、
　酒《さけ》の中《なか》から

＊大《おお》むかしのマツ科《か》植物《しょくぶつ》の樹脂《じゅし》が、うもれて化石化《かせきか》したもの。黄色《きいろ》くすきとおり、かざりや工芸用《こうげいよう》になる。

霜《しも》がながれる。ゴゴンゴーゴー
ゴゴンゴーゴー霜《しも》がとければ
つちはまっくろ。
馬《うま》はふんごみ
人《ひと》もべちゃべちゃゴゴンゴーゴー、』

(二)

それからもっともっとつづけざまにわけのわからないことを歌《うた》いました。

その間《あいだ》に本線《ほんせん》のシグナル柱《ばしら》が、そっと西風《にしかぜ》にたのんでこういいました。

『どうか気《き》にかけないで下《くだ》さい。こいつはもうまるで野蛮《やばん》なんです礼式《れいしき》も何《なに》も知《し》らないのです。実際《じっさい》私《わたし》はいつでも困《こま》ってるんですよ。』

軽便鉄道《けいべんてつどう》のシグナレスは、まるでどぎまぎしてうつむきながら低《ひく》く、

『あら、そんなことございませんわ。』といいましたがなにぶん風下《かざしも》でしたから本線《ほんせん》のシグナルまで聞《き》こえませんでした。

『許《ゆる》して下《くだ》さるんですか、ほんとうをいったら、僕《ぼく》なんかあなたに怒《おこ》られたら生《い》きている甲斐《かい》もないんですからね、』

『あらあら、そんなこと。』軽便鉄道《けいべんてつどう》の木《き》でつくったシグナレスは、まるで困《こま》ったというように肩《かた》をすぼめましたが、実《じつ》はその少《すこ》しうつむいた顔《かお》は、うれしさにぼっと白光《しろびかり》を出《だ》していました。『シグナレスさん、どうかまじめで聞《き》いて下《くだ》さい。僕《ぼく》あなたの為《ため》なら、次《つぎ》の十時《じ》の汽車《きしゃ》が来《く》る時腕《ときうで》を下《さ》げないで、じっと頑張《がんば》り通《とお》してでも見《み》せますよ。』わずかばかりヒュウヒュウいっていた風《かぜ》が、この時《とき》ぴたりとやみました。

『あら、そんなことといけませんわ。』

『もちろんいけないですよ。汽車《きしゃ》が来《く》るとき、腕《うで》を下《さ》げないで頑張《がんば》るなんて、そんなことあなたの為《ため》にも僕《ぼく》の為《ため》にもならないから僕《ぼく》はやりはしませんよ。けれどもそんなことでもしようというんです。僕《ぼく》あなたのくらい大事《だいじ》なものは世界中《せかいじゅう》ないんです。どうか僕《ぼく》を愛《あい》して下《くだ》さい。』

シグナレスは、じっと下《した》の方《ほう》を見《み》て黙《だま》って立《た》っていました。本線《ほんせん》シグナル附《つ》きのせいの低《ひく》い電信柱《でんしんばしら》は、まだでたらめの歌《うた》をやっています。

『ゴゴンゴーゴー、
やまのいはやで、
熊《くま》が火《ひ》をたき、
あまりけむくて、
ほらを逃《に》げ出《だ》す。ゴゴンゴーゴー、
田螺《にし》（たにしなどのまき貝《がい》のこと）はのろのろ、
うう、田螺《にし》はのろのろ。
田螺《にし》のしゃっぽは、
羅紗《らしゃ》（ヒツジの毛《け》でおった地《じ》のあつい織物《おりもの》）の上等《じょうとう》　ゴゴンゴーゴー。』
本線《ほんせん》のシグナルはせっかちでしたから、シグナレスの返事《へんじ》のないのに、まるであわててしまいました。
『シグナレスさん、あなたはお返事《へんじ》をして下《くだ》さらないんですか。ああ僕《ぼく》はもうまるでくらやみだ。目《め》の前《まえ》がまるでまっ黒《くろ》な淵《ふち》のようだ。ああ雷《かみなり》が落《お》ちて来《き》て、一《いっ》ぺんに僕《ぼく》のからだをくだけ。足《あし》もとから噴火《ふんか》が起《お》こって、僕《ぼく》を空《そら》の遠《とお》くにほうりなげろ。もうなにもかもみんなおしまいだ。雷《かみなり》が落《お》ちて来《き》て一《いっ》ぺんに僕《ぼく》のからだを砕《くだ》け。足《あし》もと……。』

『いや若様《わかさま》、雷《かみなり》が参《まい》りました節《せつ》は手前一身《てまえいっしん》におんわざわいをちょうだいいたします。どうかご安心《あんしん》をねがいとう存《ぞん》じます。』

シグナル附《つ》きの電信柱《でんしんばしら》が、いつかでたらめの歌《うた》をやめて頭《あたま》の上《うえ》のはりがねの槍《やり》をぴんと立《た》てながら眼《め》をパチパチさせていました。

『えい。お前《まえ》なんか何《なに》をいうんだ。僕《ぼく》はそれどこじゃないんだ。』

『それはまたどうしたことでござります。ちょっとやつがれ（自分《じぶん》のことをけんそんしていう、むかしのことば）までお申《もう》し聞《き》けになりとう存《ぞん》じます。』

『いいよ、お前《まえ》はだまっておいで。』シグナルは高《たか》く叫《さけ》びました。しかしシグナルも、もうだまってしまいました。

雲《くも》がだんだん薄《うす》くなって柔《やわ》らかな陽《ひ》が射《さ》して参《まい》りました。

（三）

五日《いつか》の月《つき》が、西《にし》の山脈《さんみゃく》の上《うえ》の黒《くろ》い横雲《よこぐも》から、もう一ぺん顔《かお》を出《だ》して山《やま》へ沈《しず》む前《まえ》の、ほんのしばらくを鈍《にぶ》い鉛《なまり》のような光《ひかり》で、そこらをいっぱいにしました。冬《ふゆ》がれの木《き》やつみ重《かさ》ねられた黒《くろ》い枕木《まくらぎ》はもちろんのこと、電信柱《でんしんばしら》まで、みんな眠《ねむ》ってしまいました。遠《とお》くの遠《とお》くの風《かぜ》の音《おと》か水《みず》の音《おと》がごうと鳴《な》るだけです。

『ああ、僕《ぼく》はもう生《い》きてる甲斐《かい》もないんだ。汽車《きしゃ》が来《く》るたびに腕《うで》を下《さ》げたり、青《あお》いめがねをかけたりいったい何《なん》の為《ため》にこんなことをするんだ。もうなんにもおもしろくない。ああ死《し》のう。けれどももどうして死《し》ぬ。やっぱり雷《かみなり》か噴火《ふんか》だ。』

本線《ほんせん》のシグナルは、今夜《こんや》も眠《ねむ》られませんでした。非常《ひじょう》なはんもん（なやみ、もだえること）でした。けれどもそれはシグナルばかりではありません。枕木《まくらぎ》の向《む》こうに青白《あおじろ》くしょんぼり立《た》って赤《あか》い火《ひ》をかかげている、軽便鉄道《けいべんてつどう》のシグナル、則《すなわ》ちシグナレスとても全《まった》くその通《とお》りでした。

『ああ、シグナルさんもあんまりだわ、あたしがいえないでお返事《へんじ》も出来《でき》ないのを、すぐあんなに怒《おこ》っておしまいになるなんて。あたしもう何《なに》もかもみんなおしまいだわ。おお神《かみ》様《さま》、シグナルさんに雷《かみなり》を落《お》とすとき、いっしょに私《わたし》にも落《お》として下《くだ》さいませ。』

こういって、しきりに星《ほし》ぞらに祈《いの》っているのでした。ところがその声《こえ》が、かすかにシグナルの耳《みみ》に入《はい》りました。シグナルはぎょっとしたように胸《むね》を張《は》って、しばらく考《かんが》えていましたが、やがてガタガタふるえ出《だ》しました。

ふるえながらいいました。

『シグナレスさん。あなたは何《なに》を祈《いの》っておられますか。』

『あたし存《ぞん》じませんわ。』シグナレスは声《こえ》を落《お》として答《こた》えました。

『シグナレスさん、それはあんまりひどいお言葉《ことば》でしょう僕《ぼく》はもう今《いま》すぐでもお雷〔らい〕さんに潰《つぶ》されて、または噴火《ふんか》を足《あし》もとから引《ひ》っぱり出《だ》して、またはいさぎよく風《かぜ》に倒《たお》されて、またはノアの洪水《こうずい》をひっかぶって、死《し》んでしまおうというんですよ。それだのに、あなたはちっとも同情《どうじょう》して下《くだ》さらないんですか。』

『あら、その噴火《ふんか》や洪水《こうずい》を。あたしのお祈《いの》りはそれよ。』シグナレスは思《おも》い切《き》っていいました。シグナルはもううれしくてうれしくて、なおさら、ガタガタガタガタふるえました。その赤《あか》い眼鏡《めがね》もゆれたのです。

『シグナレスさん。なぜあなたは死《し》ななけあならないんですか。ね僕《ぼく》へお話《はな》し下《くだ》さい。ね。僕《ぼく》へお話《はな》し下《くだ》さい、きっと、僕《ぼく》はそのいけないやつを追《お》っぱらってしまいますからいったいどうしたんですね。』

『だって、あなたがあんなにお怒《おこ》りなさるんですもの。』

『ふふん。ああ、そのことですか。ふん。いいえ。そのことならばご心配《しんぱい》ありません。だいじょうぶです。僕《ぼく》ちっとも怒《おこ》ってなんか居《い》はしませんからね、僕《ぼく》、もうあなたの為《ため》なら、めがねをみんな取《と》られて、腕《うで》をみんなひっぱなされて、それから沼《ぬま》の底《そこ》へたたき込《こ》まれたって、あなたをうらみはしませんよ。』

『あら、ほんとう。うれしいわ。』

『だから僕《ぼく》を愛《あい》して下《くだ》さい。さあ僕《ぼく》を愛《あい》するっていって下《くだ》さい。』

五日《いつか》のお月《つき》さまは、この時雲《ときくも》と山《やま》のはとのちょうどまん中《なか》に居《い》ました。シグナルはもうまるで顔色《かおいろ》を変《か》えて灰色《はいいろ》の幽霊《ゆうれい》みたいになっていいました。

『またあなたはだまってしまったんですね。やっぱり僕《ぼく》がきらいなんでしょう。もういいや、どうせ僕《ぼく》なんか噴《ふん》火《か》か洪《こう》水《ずい》か風《かぜ》かにやられるにきまってるんだ。』

『あら、ちがいますわ。』

『そんならどうですどうです、どうです。』

『あたし、もう大昔《おおむかし》からあなたのことばかり考《かんが》えていましたわ。』

『ほんとうですか、ほんとうですか、ほんとうですか。』

『ええ。』

『そんならいいでしょう。結《けっ》婚《こん》の約《やく》束《そく》をしてください。』

『でも、』

『でもなんですか、僕《ぼく》たちは春《はる》になったら燕《つばめ》にたのんで、みんなにも知《し》らせて結《けっ》婚《こん》の式《しき》をあげましょう。どうか約《やく》束《そく》してください。』

『だってあたしはこんなつまらないんですわ。』

（四）

『わかってますよ、僕《ぼく》にはそのつまらないところが尊《とうと》いんです。』

すると、さあ、シグナレスはあらんかぎりの勇気《ゆうき》を出《だ》していい出《だ》しました。

『でもあなたは金《かね》でできてるでしょう。新式《しんしき》でしょう。赤青《あかあお》めがねも二組《ふたくみ》まで持《も》っていらっしゃるわ、夜《よる》も電燈《でんとう》でしょう、あたしは夜《よる》だってランプですわ、めがねもただ一つきりそれに木《き》ですわ。』

『わかってますよ。だから僕《ぼく》はすきなんです。』

『あら、ほんとう。うれしいわ。あたしお約束《やくそく》するわ。』

『え、ありがとう、うれしいなあ僕《ぼく》もお約束《やくそく》しますよ。あなたはきっと、私《わたし》の未来《みらい》の妻《つま》だ。』

『ええ、そうよ、あたし決《けっ》して変《か》わらないわ。』

『約婚指環《エンゲージリング》（男女《だんじょ》が結婚《けっこん》の約束《やくそく》のしるしにとりかわす指輪《ゆびわ》）をあげますよ、そらねあすこの四つならんだ青星《あおほし》ね。』

『ええ。』

『あの一番下《いちばんした》の脚《あし》もとに小《ちい》さな環《わ》が見《み》えるでしょう、環状星雲《フィッシュマウスネビュラ》ですよ。あの光《ひかり》の環《わ》ね、あれを受《う》け取《と》って下《くだ》さい、僕《ぼく》のまごころです。』

『ええ。ありがとう、いただきますわ。』

『ワッハッハ。大笑《おおわら》いだ。うまくやってやがるぜ。』

突然向《とつぜんむ》こうのまっ黒《くろ》な倉庫《そうこ》がそらにもはばかるような声《こえ》でどなりました。二人《ふたり》はまるでしんとなってしまいました。

ところが倉庫《そうこ》がまたいいました。

『いや心配《しんぱい》しなさんな。このことは決《けっ》してほかへはもらしませんぞ。わしがしっかりのみこみました。』

その時《とき》です、お月《つき》さまがカブンと山《やま》へお入《はい》りになってあたりがポカッとうすぐらくなったのは。

今《いま》は風《かぜ》があんまり強《つよ》いので電信《でんしん》ばしらどもは、本線《ほんせん》の方《ほう》も、軽便鉄道《けいべんてつどう》の方《ほう》のもまるで気《き》が気《き》でなく、ぐうんぐうんひゅうひゅうと独楽《こま》のようにうなって居《お》りました。それでも空《そら》はまっ青《さお》に晴《は》れていました。

本線《ほんせん》シグナルつきの太《ふと》っちょの電《でん》しんばしらも、もうでたらめの歌《うた》をやるどころの話《はなし》ではありません、できるだけからだをちぢめて眼《め》を細《ほそ》くして、ひとなみに、ブウウ、フウウとうなってごまかして居《お》りました。

シグナレスは、この時《とき》、東《ひがし》のぐらぐらするくらい強《つよ》い青《あお》ひかりの中《なか》を片足《かたあし》をひきずるようにして走《はし》って行《ゆ》く雲《くも》を見《み》て居《お》りましたがそれからチラッとシグナルの方《ほう》を見《み》ました。

シグナルは、今日《きょう》は巡査《じゅんさ》のようにしゃんと、立《た》っていましたが、風《かぜ》が強《つよ》くて太《ふと》っちょの電信《でんしん》ばしらに聞《き》こえないのをいいことにして、シグナレスにはなしかけました。

(五)

『どうもひどい風《かぜ》ですね。あなた頭《あたま》がほてって痛《いた》みはしませんか。どうもぼくは少《すこ》しくらくらしますね。いろいろお話《はな》ししますから、あなたただ頭《あたま》をふってうなずいてだけいてください。どうせお返事《へんじ》をしたって、僕《ぼく》のところへ届《とど》きはしませんから、それから僕《ぼく》のはなしでおもしろくないことがあったら横《よこ》の方《ほう》に頭《あたま》を振《ふ》って下《くだ》さい。これは、ほんとうは、ヨーロッパの方《ほう》のやり方《かた》なんですよ。向《む》こうでは、僕《ぼく》たちのように仲《なか》のいいものがほかの人《ひと》に知《し》れないようにお話《はな》しをするときは、みんなこうするんですよ。僕《ぼく》それを向《む》こうの雑《ざっ》誌《し》で見《み》たんです、ね、あの倉庫《そうこ》のやつめ、おかしなやつですね。いきなり僕《ぼく》たちの話《はな》してるところへ口《くち》を出《だ》して、引《ひ》き受《う》けたの何《なん》のっていうんですもの、あいつはずいぶん太《ふと》ってますね、今日《きょう》も眼《め》をパチパチやらかしてますよ。僕《ぼく》のあなたに物《もの》をいってるのはわかっていても、何《なに》をいってるのか風《かぜ》でいっこう聞《き》こえないんですよ、けれども全体《ぜんたい》、あなたに聞《き》こえてるんですか、聞《き》こえてるなら頭《あたま》を振《ふ》ってください、ええそう、聞《き》こえるでしょうね。僕《ぼく》たち早《はや》く結婚《けっこん》したいもんですね。早《はや》く春《はる》になればいいんですね。僕《ぼく》のとこのぶつきりこに少《すこ》しも知《し》らせないで置《お》きましょう。そして置《お》いて、いきなり、ウヘン、ああ風《かぜ》でのどがぜいぜいする。ああひどい。ちょっとお話《はな》しをやめますよ。僕《ぼく》のどが痛《いた》くなったんです。わかりましたか、じゃちょっとさよなら。』

それからシグナルは、うううといいながら眼《め》をぱちぱちさせてしばらくの間《あいだ》だまって居《い》ました。シグナレスもおとなしくシグナルの咽喉《のど》のなおるのを待《ま》っていました。電信《でんしん》ばしらどもは、ブンブンゴンゴンと鳴《な》り、風《かぜ》はひゅうひゅうとやりました。

(六)

シグナルはつばをのみこんだりえーえーとせきばらいをしたりしていましたが、やっと咽喉《のど》の痛《いた》いのが癒《なお》ったらしく、もう一ぺんシグナレスに話《はな》しかけました。けれどもこの時《とき》は、風《かぜ》がまるで熊《くま》のように吼《ほ》え、まわりの電信《でんしん》ばしらどもは山一《やまいっ》ぱいの蜂《はち》の巣《す》を一《いっ》ぺんに壊《こわ》しでもしたようにぐわんぐわんとうなっていましたので、せっかくのその声《こえ》も、半分《はんぶん》ばかりしかシグナレスに届《とど》きませんでした。

『ね、僕《ぼく》はもうあなたの為《ため》なら、次《つぎ》の汽車《きしゃ》の来《く》るとき、頑張《がんば》って腕《うで》を下《さ》げないことでも、何《なん》でもするんですからね、わかったでしょう。あなたもそのくらいの決心《けっしん》はあるでしょうね、あなたはほんとうに美《うつく》しいんです、ね、世界《せかい》の中《なか》にだって僕《ぼく》たちの仲間《なかま》はいくらもあるんでしょう。その半分《はんぶん》はまあ女《おんな》の人《ひと》でしょうがねえ、その中《なか》であなたは一番美《いちばんうつく》しいんです。もっとも外《ほか》の女《おんな》の人僕《ひとぼく》よく知《し》らないんですけれどね、きっとそうだと思《おも》うんですよ、どうです聞《き》こえますか。僕《ぼく》たちのまわりに居《い》るやつはみんなばかですねのろまですね、僕《ぼく》とこのぶつきりこが僕《ぼく》が何《なに》をあなたにいってるのかと思《おも》って、そらごらんなさい、一生《いっしょう》けん命《めい》、目《め》をパチパチやってますよ、こいつと来《き》たら全《まった》くチョークよりも形《かたち》がわるいんですからね、そら、こんどはあんなに口《くち》を曲《ま》げていますよ、あきれたばかですねえ、僕《ぼく》のはなし聞《き》こえますか、僕《ぼく》の……。』

『若《わか》さま、さっきから何《なに》をべちゃべちゃいっていらっしゃるのです。しかもシグナレス風《ふ》情《ぜい》と、いったい何《なに》をにやけて居《い》らっしゃるんです。』

いきなり本線《ほんせん》シグナル附《つき》の電信《でんしん》ばしらが、むしゃくしゃまぎれにごうごうの音《おと》の中《なか》を途《と》方《ほう》もない声《こえ》でどなったもんですから、シグナルはもちろんシグナレスもまっ青《さお》になってぴたっとこっちへまげていたからだをまっすぐに直《なお》しました。

『若《わか》さま、さあ仰《おっ》しゃい。役目《やくめ》として承《うけたまわ》らなければなりません。』

（七）

シグナルは、やっと元気《げんき》を取《と》り直《なお》しました。そしてどうせ風《かぜ》の為《ため》に何《なに》をいっても同《おな》じことなのをいいことにして、

『ばか、僕《ぼく》はシグナレスさんと結婚《けっこん》して幸福《こうふく》になって、それからお前《まえ》にチョークのお嫁《よめ》さんをくれてやるよ。』

とこうまじめな顔《かお》でいったのでした。その声《こえ》は風下《かざしも》のシグナレスにはすぐ聞《き》こえましたので、シグナレスは恐《こわ》いながら思《おも》わず笑《わら》ってしまいました。さあそれを見《み》た本線《ほんせん》シグナル附《つき》

の電信《でんしん》ばしらの怒《いか》りようといったらありません、早速《さっそく》ブルブルッとふるえあがり、青白《あおじろ》く逆上《のぼ》せてしまい唇《くちびる》をきっとかみながらすぐひどく手《て》を廻《まわ》してすなわち一《いっ》ぺん東京《とうきょう》まで手《て》をまわして風下《かざしも》に居《い》る軽便鉄道《けいべんてつどう》の電信《でんしん》ばしらに、シグナルとシグナレスの対話《たいわ》が、一体何《いったいなん》だったか今《いま》シグナレスが笑《わら》ったことは、どんなことだったかたずねてやりました。

ああ、シグナルは一生《いっしょう》の失策《しっさく》をしたのでした。シグナレスよりも少《すこ》し風下《かざしも》にすてきに耳《みみ》のいい長《なが》い長《なが》い電信《でんしん》ばしらが居《い》て知《し》らん顔《かお》をしてすまして空《そら》の方《ほう》を見《み》ながら、さっきからの話《はなし》をみんな聞《き》いていたのです。そこで、早速《さっそく》、それを東京《とうきょう》を経《へ》て本線《ほんせん》シグナルつきの電《でん》信《しん》ばしらに返事《へんじ》をしてやりました。

本線《ほんせん》シグナルつきの電信《でんしん》ばしらは、キリキリ歯《は》がみをしながら聞《き》いていましたが、すっかり聞《き》いてしまうと、さあまるでもうばかのようになってどなりました。

『くそッ、えいっ。いまいましい。あんまりだ、犬畜生《いぬちくしょう》、あんまりだ。犬畜生《いぬちくしょう》、ええ、若《わか》さまわたしだって男《おとこ》ですぜ、こんなにひどくばかにされてだまっているとお考《かんが》えですか。結婚《けっこん》だなんてやれるならやってごらんなさい。電信《でんしん》ばしらの仲間《なかま》はもうみんな反対《はんたい》です。シグナルばしらの人《ひと》だちだって鉄道長《てつどうちょう》の命令《めいれい》にそむけるもんですか。そして鉄道長《てつどうちょう》はわたしの叔父《おじ》ですぜ。結婚《けっこん》なり何《なん》なりやってごらんなさい。えい、犬畜生《いぬちくしょう》め、えい。』

本線《ほんせん》シグナル附《つ》きの電信《でんしん》ばしらは、すぐ四方《しほう》に電報《でんぽう》をかけました。それからしばらく顔《かお》色《いろ》を変《か》えてみんなの返事《へんじ》をきいていました。確《たし》かにみんなから反対《はんたい》の約束《やくそく》をもらったらしいのでした。それからきっと叔父《おじ》のその鉄道長《てつどうちょう》とかにもうまく頼《たの》んだにちがいありません。シグナルもシグナレスもあまりのことに今《いま》さらポカンとしてあきれていました。本線《ほんせん》シグナル附《つ》きの電信《でんしん》ばしらはすっかり反対《はんたい》の準備《じゅんび》が出来《でき》るとこんどは急《きゅう》に泣《な》き声《ごえ》でいいました。

（八）

『ああ、八年《ねん》の間《あいだ》、夜《よる》ひる寝《ね》ないでめんどうを見《み》てやってそのお礼《れい》がこれか。ああ情《なさ》けない、もう世《よ》の中《なか》はみだれてしまった。ああもうおしまいだ。なさけない。メリケン国《こく》（アメリカ合《がっ》衆国《しゅうこく》のこと）のエジソンさま（アメリカの発明家《はつめいか》、トーマス＝エジソン、一八四七〜一九三一）もこのあさましい世界《せかい》をお見棄《みす》てなされたか。オンオンオンオンオン、ゴゴンゴーゴーゴゴンゴー。』

風《かぜ》はますます吹《ふ》きつのり、西《にし》のそらが変《へん》にしろくぼんやりなってどうもあやしいと思《おも》っ

ているうちにチラチラチラチラとうとう雪《ゆき》がやって参《まい》りました。

シグナルは力《ちから》を落《お》として青白《あおじろ》く立《た》ち、そっとよこ眼《め》でやさしいシグナレスの方《ほう》を見《み》ました。シグナレスはしくしく泣《な》きながら、ちょうどやって来《く》る二時《じ》の汽車《きしゃ》を迎《むか》える為《ため》にしょんぼりと腕《うで》をさげ、そのいじらしい撫肩《なでがた》はかすかにかすかにふるえて居《お》りました。空《そら》では風《かぜ》がフイウ、涙《なみだ》を知《し》らない電信《でんしん》ばしらどもはゴゴンゴーゴーゴゴンゴーゴー。

さあ今度《こんど》は夜《よる》ですよ。シグナルはしょんぼり立《た》って居《お》りました。

月《つき》の光《ひかり》が青白《あおじろ》く雪《ゆき》を照《て》らしています。雪《ゆき》はこうこうと光《ひか》ります。そこにはすきとおって小《ちい》さな紅火《べにび》や青《あお》の火《ひ》をうかべました。しいんとしています。山脈《さんみゃく》は若《わか》い白熊《しろくま》の貴族《きぞく》の屍体《したい》のようにしずかに白《しろ》く横《よこ》たわり、遠《とお》くの遠《とお》くを、ひるまの風《かぜ》のなごりがヒュウと鳴《な》って通《とお》りました、それでもじつにしずかです。黒《くろ》い枕木《まくらぎ》はみなねむり赤《あか》の三角《さんかく》や黄色《きいろ》の点々《てんてん》さまざまの夢《ゆめ》を見《み》ているとき、若《わか》いあわれなシグナルはほっと小《ちい》さなため息《いき》をつきました。そこで半分凍《はんぶんこご》えてじっと立《た》っていたやさしいシグナレスも、ほっと小《ちい》さなため息《いき》をしました。

『シグナレスさん。ほんとうに僕《ぼく》たちはつらいねえ。』

たまらずシグナルがそっとシグナレスに話《はな》しかけました。

『ええみんなあたしがいけなかったのですわ。』シグナレスが青《あお》じろくうなだれていいました。

（九）

諸君《しょくん》、シグナルの胸《むね》は燃《も》えるばかり、

『ああ、シグナレスさん、僕《ぼく》たちたった二人《ふたり》だけ、遠《とお》くの遠《とお》くのみんなの居《い》ないところに行《い》ってしまいたいね。』

『ええ、あたし行《い》けさえするならどこへでも行《い》きますわ。』

『ねえ、ずうっとずうっと天上《てんじょう》にあの僕《ぼく》たちの約婚指環《エンゲイジリング》よりも、もっと天上《てんじょう》に青《あお》い小《ち》さな火《ひ》が見《み》えるでしょう。そら、ね、あすこは遠《とお》いですねえ。』

『ええ。』シグナレスは小《ちい》さな唇《くちびる》でいまにもその火《ひ》にキッスしたそうに空《そら》を見《み》あげていました。

『あすこには青《あお》い霧《きり》の火《ひ》が燃《も》えているんでしょうね。その青《あお》い霧《きり》の火《ひ》の中《なか》へ僕《ぼく》たちいっしょに坐《すわ》りたいですねえ。』

『ええ。』

『けれどあすこには汽車《きしゃ》はないんですねえ、そんなら僕畑《ぼくはたけ》をつくろうか。何《なに》か働《はたら》かないといけないいんだから。』

『ええ。』

『ああ、お星《ほし》さま、遠《とお》くの青《あお》いお星《ほし》さま。どうか私《わたし》どもをとってください。ああなさけぶかいサンタマリヤ、またあぐみふかいジョウジスチブンソンさま（蒸気機関車《じょうききかんしゃ》を初《はじ》めて走《はし》らせたイギリスの発明家《はつめいか》、一七八一〜一八四八）、どうか私《わたし》どものかなしい祈《いの》りを聞《き》いてください。』

『ええ。』

『さあいっしょに祈《いの》りましょう。』

『ええ。』

『あわれみふかいサンタマリヤ、すきとおるよるの底《そこ》、つめたい雪《ゆき》の地面《じめん》の上《うえ》にかなしくいのるわたくしどもをみそなわせ（ごらんください）、めぐみふかいジョウジスチブンソンさま、あなたのしもべのまたしもべ、かなしいこのたましいのまことの祈《いの》りをみそなわせ、ああ、サンタマリヤ。』

『ああ。』

(十)

星《ほし》はしずかにめぐって行《ゆ》きました。そこであの赤眼《あかめ》のさそりが、せわしくまたたいて東《ひがし》から出《で》て来《き》そしてサンタマリヤのお月《つき》さまが慈愛《じあい》にみちた尊《とうと》い黄金《おうごん》のまなざしに、じっと二人《ふたり》を見《み》ながら、西《にし》のまっくろの山《やま》におはいりになったとき、シグナルシグナレスの二人《ふたり》は、いのりにつかれてもう睡《ねむ》って居《い》ました。

□

今度《こんど》はひるまでです。なぜなら夜昼《よるひる》はどうしてもかわるがわるですから。

ぎらぎらのお日《ひ》さまが東《ひがし》の山《やま》をのぼりました。シグナルシグナレスはぱっと桃色《ももいろ》に映《は》えました。いきなり大《おお》きな巾広《はばひろ》い声《こえ》がそこら中《じゅう》にはびこりました。

『おい。本線《ほんせん》シグナル附《つ》きの電信《でんしん》ばしら、おまえの叔父《おじ》の鉄道長《てつどうちょう》に早《はや》くそういって、あの二人《ふたり》はいっしょにしてやった方《ほう》がよかろうぜ。』

見《み》るとそれは先《さき》ころの晩《ばん》の倉庫《そうこ》の屋根《やね》でした。

倉庫《そうこ》の屋根《やね》は、赤《あか》いうわぐすりをかけた瓦《かわら》を、まるで鎧《よろい》のようにキラキラ着《き》こんで、じろっとあたりを見《み》まわしているのでした。

本線《ほんせん》シグナル附《つ》きの電信《でんしん》ばしらは、がたがたっとふるえてそれからじっと固《かた》くなって答《こた》えました。

『ふん、何《なん》だとお前《まえ》は何《なん》の縁故《えんこ》（関係《かんけい》。縁《えん》つづき）でこんなことに口《くち》を出《だ》すんだ。』

『おいおい、あんまり大《おお》きなつらをするなよ。ええおい。おれは縁故《えんこ》といえば大縁故《だいえんこ》さ、縁故《えんこ》でないといえば、いっこう縁故《えんこ》でも何《なん》でもないぜ、がしかしさ。こんなことにはてめいのような変《へん》ちきりんはあんまりいろいろ手《て》を出《だ》さない方《ほう》が結局《けっきょく》てめいの為《ため》だろうぜ。』

『何《なん》だと。おれはシグナルの後見人《こうけんにん》だぞ。鉄道長《てつどうちょう》の甥《おい》だぞ。』

『そうか。おいりっぱなもんだなあ。シグナルさまの後見人《こうけんにん》で鉄道長《てつどうちょう》の甥《おい》かい。けれどもそんならおれなんてどうだい、おれさまはな、ええ、目《め》の見《み》えないとんびの後見人《こうけんにん》、ええ風引《かぜひ》きの脈《みゃく》の甥《おい》だぞ。どうだ、どっちが偉《えら》い。』

『何《なに》をっ。コリッ、コリコリッ、カリッ。』

『まああそう怒《おこ》るなよ。これはじょうだんさ。悪《わる》く思《おも》わんでくれ。な、あの二人《ふたり》さ、かわいそうだよ。いいかげんにまとめてやれよ。大人《おとな》らしくもないじゃないか。あんまり胸《むね》の狭《せま》いことはいわんでさ。あんなりっぱな後見人《こうけんにん》を持《も》って、シグナルもほんとうにしあわせだといわれるぜ。な、まとめてやれ、まとめてやれ。』

本線《ほんせん》シグナルつきの電信《でんしん》ばしらは、物《もの》をいおうとしたのでしたがもうあんまり気《き》が立《た》ってしまってバチバチパチパチ鳴《な》るだけでした。

倉庫《そうこ》の屋根《やね》もあんまりのその怒《いか》りように、まさかこんなはずではなかったというように少《すこ》しあきれてだまってその顔《かお》を見《み》ていました。お日《ひ》さまはずうっと高《たか》くなり、シグナルとシグナレスとはほっとまたため息《いき》をついておたがいに顔《かお》を見合《みあ》わせました。シグナレスは瞳《ひとみ》を少《すこ》し落《お》としシグナルの白《しろ》い胸《むね》に青々《あおあお》と落《お》ちためがねの影《かげ》をチラッと見《み》てそれからにわかに目《め》をそらして自分《じぶん》のあしもとをみつめ考《かんが》えこんでしまいました。

今夜《こんや》は暖《あたたか》です。

霧《きり》がふかくふかくこめました。

そのきりをとおして、月《つき》のあかりが水色《みずいろ》にしずかに降《ふ》り、電信《でんしん》ばしらも枕木《まくらぎ》も、みんな寝《ね》しずまりました。

シグナルが待《ま》っていたようにほっと息《いき》をしました。シグナレスも胸《むね》いっぱいのおもいをこめて小《ちい》さくほっとといきしました。

そのときシグナルとシグナレスとは、霧《きり》の中《なか》から倉庫《そうこ》の屋根《やね》の落《お》ちついた親切《しんせつ》らしい声《こえ》の響《ひび》いて来《く》るのを聞《き》きました。

『お前《まえ》たちは、全《まった》く気《き》の毒《どく》だね。わたしは今朝《けさ》うまくやってやろうと思《おも》ったんだが、かえっていけなくしてしまった。ほんとうに気《き》の毒《どく》なことになったよ。しかしわたしにはまた考《かんが》えがあるからそんなに心配《しんぱい》しないでもいいよ。お前《まえ》たちは霧《きり》でおたがいに顔《かお》も見《み》えずさびしいだろう。』

『ええ。』

『ええ。』

『そうか。ではおれが見《み》えるようにしてやろう。いいか、あれのあとをついて二人《ふたり》一《いっ》しょに真似《まね》をするんだぜ。』

（十一）

『ええ。』

『そうか。ではアルファー。』

『アルファー。』

『ビーター。』『ビーター。』

『ガムマア。』『ガムマーアー。』

『デルタア。』『デールータアーアアア。』

実《じつ》に不思議《ふしぎ》です。いつかシグナルとシグナレスとの二人《ふたり》はまっ黒《くろ》な夜《よる》の中《なか》に肩《かた》をならべて立《た》っていました。

『おや、どうしたんだろう。あたり一面《いちめん》まっ黒《くろ》びろうど（なめらかでつやのある、毛《け》をたてた織物《おりもの》。絹《きぬ》や毛《け》、綿《めん》でつくる）の夜《よる》だ。』

『まあ、不思議《ふしぎ》ですわね、まっくらだわ。』

『いいや、頭《あたま》の上《うえ》が星《ほし》でいっぱいです。おや、なんという大《おお》きな強《つよ》い星《ほし》なんだろう、それに見《み》たこともない空《そら》の模様《もよう》ではありませんか、いったいあの十三連《れん》なる青《あお》い星《ほし》は前《まえ》どこにあったのでしょう、こんな星《ほし》は見《み》たことも聞《き》いたこともありませんね。僕《ぼく》たちぜんたいどこに来《き》たんでしょうね。』

『あら、空《そら》があんまり速《はや》くめぐりますわ。』

『ええ、あああの大《おお》きな橙《だいだい》の星《ほし》は地平線《ちへいせん》から今上《いまあ》がります。おや、地平線《ちへいせん》じゃない。水《すい》平線《へいせん》かしら。そうです。ここは夜《よる》の海《うみ》の渚《なぎさ》ですよ。』

『まあ奇麗《きれい》だわね、あの波《なみ》の青《あお》びかり。』

『ええ、あれは磯波《いそなみ》の波《なみ》がしらです、りっぱですねえ、行《い》って見《み》ましょう。』

『まあ、ほんとうにお月《つき》さまのあかりのような水《みず》よ。』

『ね、水《みず》の底《そこ》に赤《あか》いひとでがいますよ。銀色《ぎんいろ》のなまこがいますよ。ゆっくりゆっくり、這《は》ってますねえ。それからあのユラユラ青《あお》びかりの棘《とげ》を動《うご》かしているのは、雲丹《うに》ですね。波《なみ》が寄《よ》せて来《き》ます。少《すこ》し遠退《とおの》きましょう、』

『ええ。』

『もう、何《なん》べん空《そら》がめぐったでしょう。大《たい》へん寒《さむ》くなりました。海《うみ》が何《なん》だか凍《こお》ったようで

すね。波《なみ》はもううたなくなりました。』

『波《なみ》がやんだせいでしょうかしら。何《なに》か音《おと》がしていますわ。』

『どんな音《おと》。』

『そら、夢《ゆめ》の水車《すいしゃ》の軋《きし》りのような音《おと》。』

『ああそうだ。あの音《おと》だ。ピタゴラス派《は》の天球運行《てんきゅううんこう》の諧音《かいおん》です。』

『あら、何《なん》だかまわりがぼんやり青白《あおじろ》くなって来《き》ましたわ。』

『夜《よ》が明《あ》けるのでしょうか。いやはてな。おおりっぱだ。あなたの顔《かお》がはっきり見《み》える。』

『あなたもよ。』

『ええ、とうとう、僕《ぼく》たち二人《ふたり》きりですね。』

『まあ、青《あお》じろい火《ひ》が燃《も》えてますわ。まあ地面《じめん》も海《うみ》も。けど熱《あつ》くないわ。』

『ここは空《そら》ですよ。これは星《ほし》の中《なか》の霧《きり》の火《ひ》ですよ。僕《ぼく》たちのねがいが叶《かな》ったんです。あ
あ、さんたまりや。』

＊古代《こだい》ギリシアの哲学者《てつがくしゃ》、数学者《すうがくしゃ》であるピタゴラスの教《おし》えを信奉《しんぽう》する学派《がくは》。

『ああ。』

『地球《ちきゅう》は遠《とお》いですね。』

『ええ。』

『地球《ちきゅう》はどっちの方《ほう》でしょう。あたりいちめんの星《ほし》どこがどこかもうわからない。あの僕《ぼく》のブツキリコはどうしたろう。あいつはほんとうはかわいそうですね。』

『ええ、まあ火《ひ》が少《すこ》し白《しろ》くなったわ、せわしく燃《も》えますわ。』

『きっと今秋《いまあき》ですね。そしてあの倉庫《そうこ》の屋根《やね》も親切《しんせつ》でしたね。』

『それは親切《しんせつ》とも。』いきなり太《ふと》い声《こえ》がしました。気《き》がついて見《み》るとああ二人《ふたり》ともいっしょに夢《ゆめ》を見《み》ていたのでした。いつか霧《きり》がはれてそら一《いち》めんのほしが、青《あお》や橙《だいだい》やせわしくせわしくまたたき、向《む》こうにはまっ黒《くろ》な倉庫《そうこ》の屋根《やね》が笑《わら》いながら立《た》って居《お》りました。

二人《ふたり》はまたほっと小《ちい》さな息《いき》をしました。

狼森《オイノもり》と笊森《ざるもり》、盗森《ぬすともり》

小岩井農場《こいわいのうじょう》の北《きた》に、黒《くろ》い松《まつ》の森《もり》が四つあります。いちばん南《みなみ》が狼森《オイノもり》で、そのつぎが笊《ざる》森《もり》、つぎは黒坂森《くろさかもり》、北《きた》のはずれは盗森《ぬすともり》です。

この森《もり》がいつごろどうしてできたのか、どうしてこんな奇体《きたい》の名《な》まえがついたのか、それをいちばんはじめから、すっかり知《し》っているものは、おれひとりだと黒坂森《くろさかもり》のまんなかの大《おお》きな岩《いわ》が、ある日《ひ》、いばってこのおはなしをわたくしにきかせました。

ずうっとむかし、岩手山《いわてさん》が、なんべんも噴火《ふんか》しました。その灰《はい》でそこらはすっかりうずまりました。このまっ黒《くろ》なおおきな岩《いわ》も、やっぱり山《やま》からはねとばされて、いまのところに落《お》ちてきたのだそうです。

噴火《ふんか》がやっとしずまると、野原《のはら》や丘《おか》には、穂《ほ》のある草《くさ》や穂《ほ》のない草《くさ》が、南《みなみ》の方《ほう》からだんだんはえて、とうとうそこらいっぱいになり、それからかしわや松《まつ》もはえだし、しまいに、いまの四《よ》つの森《もり》ができました。けれども森《もり》にはまだ名《な》まえもなく、めいめいかってに、おれはおれだと思《おも》っているだけでした。するとある年《とし》の秋《あき》、水《みず》のようにつめたいすきとおる風《かぜ》が、かしわのかれ葉《は》をさらさら鳴《な》らし、岩手山《いわてさん》の銀《ぎん》のかんむりには、雲《くも》のかげがくっきり黒《くろ》くうつっている日《ひ》でした。

四人《にん》の、けら（わらや、ぼだいじゅの皮《かわ》で作《つく》ったみのの方言《ほうげん》）を着《き》た百姓《ひゃくしょう》たちが、山刀《なた》や三本鍬《さんぼんぐわ》や唐鍬《とうぐわ》や、すべて山《やま》と野原《のはら》の武器《ぶき》をかたくからだにしばりつけて、東《ひがし》のかどばったひうち石《いし》の山《やま》をこえて、のっしのっしと、この森《もり》にかこまれた小《ちい》さな野原《のはら》にやってきました。よく見《み》るとみんな大《おお》きな刀《かたな》もさしていたのです。

先頭《せんとう》の百姓《ひゃくしょう》が、そこらの幻灯《げんとう》のようなけしきを、みんなにあちこち指《ゆび》さして、

「どうだ。いいとこだろう。畑《はたけ》はすぐおこせるし、森《もり》は近《ちか》いし、きれいな水《みず》もながれている。それに日《ひ》あたりもいい。どうだ、おれはもうはやくから、ここときめておいたんだ。」といいますと、ひとりの百姓《ひゃくしょう》は、

「しかし地味《ちみ》はどうかな。」といいながら、かがんで一本《ぽん》のすすきをひきぬいて、その根《ね》

から土《つち》をてのひらにふるい落《お》として、しばらく指《ゆび》でこねたり、ちょっとなめてみたりしてからいいました。

「うん。地味《ちみ》もひどくよくはないが、またひどくわるくもないな。」

「さあ、それではいよいよここときめるか。」

もひとりが、なつかしそうにあたりを見《み》まわしながらいいました。

「よし、そうきめよう。」いままでだまって立《た》っていた、四人《にん》めの百姓《ひゃくしょう》がいいました。

四人《にん》はそこでよろこんで、せなかの荷物《にもつ》をどしんとおろして、それからきた方《ほう》へむいて、高《たか》くさけびました。

「おおい、おおい。ここだぞ。はやくこお。はやくこお。」

するとむこうのすすきの中《なか》から、荷物《にもつ》をたくさんしょって、顔《かお》をまっかにしておかみさんたちが三人《にん》でてきました。見《み》ると、五つ六《む》つより下《した》の子《こ》どもが九人《にん》、わいわいいいながら走《はし》ってついてくるのでした。

そこで四人《よったり》の男《おとこ》たちは、てんでにすきな方《ほう》へむいて、声《こえ》をそろえてさけびました。

「ここへ畑《はたけ》おこしてもいいかあ。」

「いいぞお。」森《もり》がいっせいにこたえました。

みんなはまたさけびました。

「ここに家《いえ》建《た》ててもいいかあ。」

「ようし。」森《もり》はいっぺんにこたえました。

みんなはまた声《こえ》をそろえてたずねました。

「ここで火《ひ》たいてもいいかあ。」

「いいぞお。」森《もり》はいっぺんにこたえました。

みんなはまたさけびました。

「すこし木《き》いもらってもいいかあ。」

「ようし。」森《もり》はいっせいにこたえました。

男《おとこ》たちはよろこんで手《て》をたたき、さっきから顔色《かおいろ》をかえて、しんとしていた女《おんな》や子《こ》どもらは、にわかにはしゃぎだして、子《こ》どもらはうれしまぎれにけんかをしたり、女《おんな》たちはその子《こ》をぽかぽかなぐったりしました。

その日《ひ》、晩《ばん》がたまでには、もうかやをかぶせた小《ちい》さな丸太《まるた》の小屋《こや》ができていました。子《こ》どもたちは、よろこんでそのまわりをとんだりはねたりしました。つぎの日《ひ》から、森《もり》はその人《ひと》たちのきちがいのようになって、はたらいているのを見《み》ました。男《おとこ》はみんな鍬《くわ》をピカリピカリさせて、野原《のはら》の草《くさ》をおこしました。女《おんな》たちは、まだりすや野《の》ねずみにもっていかれないいくりの実《み》を集《あつ》めたり、松《まつ》をきってたきぎをつくったりしました。そしてまもなく、いちめんの雪《ゆき》がきたのです。

その人《ひと》たちのために、森《もり》は冬《ふゆ》のあいだ、一生《いっしょう》けんめい、北《きた》からの風《かぜ》をふせいでやりました。それでも、小《ちい》さな子《こ》どもらは寒《さむ》がって、赤《あか》くはれた小《ちい》さな手《て》を、自分《じぶん》ののどにあてながら、「つめたい、つめたい。」といってよくなきました。

春《はる》になって、小屋《こや》が二つになりました。

そしてそばとひえとがまかれたようでした。そばには白《しろ》い花《はな》がさき、ひえは黒《くろ》い穂《ほ》をだしました。その年《とし》の秋《あき》、こくもつがとにかくみのり、新《あたら》しい畑《はたけ》がふえ、小屋《こや》が三つになったとき、みんなはあまりうれしくておとなまでがはねあるきました。ところが、土《つち》のかたくこおった朝《あさ》でした。九人《にん》の子《こ》どもらのなかの、小《ちい》さな四人《にん》がどうしたのか夜《よる》のあいだに見《み》えなくなっていたのです。

みんなはまるで、きちがいのようになって、そのへんをあちこちさがしましたが、子《こ》どもらのかげも見《み》えませんでした。

そこでみんなは、てんでにすきな方《ほう》へむいて、いっしょにさけびました。

「たれか童《わらし》やど（子《こ》ども たち）しらないか。」

「しらない。」と森《もり》はいっせいにこたえました。

「そんだらさがしにいくぞお。」とみんなはまたさけびました。

「こお。」と森《もり》はいっせいにこたえました。

そこでみんなはいろいろの農具《のうぐ》をもって、まずいちばん近《ちか》い狼森《オイノもり》にいきました。森《もり》へはいりますと、すぐしめったつめたい風《かぜ》とくち葉《ば》のにおいとが、すっとみんなをおそいました。

みんなはどんどんふみこんでいきました。

すると森《もり》のおくの方《ほう》でなにかパチパチ音《おと》がしました。

いそいでそっちへいってみますと、すきとおったばら色《いろ》の火《ひ》がどんどんもえていて、狼《オイノ》（おお かみ）が九ひき、くるくるくる、火《ひ》のまわりをおどってかけあるいているのでした。

だんだん近《ちか》くへいってみるといなくなった子《こ》どもらは四人《にん》とも、その火《ひ》にむいて焼《や》いたくりやはつたけなどをたべていました。

狼《オイノ》はみんな歌《うた》を歌《うた》って、夏《なつ》のまわりどうろうのように、火《ひ》のまわりを走《はし》っていました。

「狼森《オイノもり》のまんなかで、

　火《ひ》はどろどろぱちぱち

　火《ひ》はどろどろぱちぱち、

　栗《くり》はころころぱちぱち、

　栗《くり》はころころぱちぱち。」

みんなはそこで、声《こえ》をそろえてさけびました。

「狼《オイノ》どの狼《オイノ》どの、童《わらし》やど返《かえ》してけろ。」

狼《オイノ》はみんなびっくりして、いっぺんに歌《うた》をやめてくちをまげて、みんなの方《ほう》をふりむきました。

すると火《ひ》がきゅうに消《き》えて、そこらはにわかに青《あお》くしいんとなってしまったので火《ひ》のそばの子《こ》どもらはわあとなきだしました。

狼《オイノ》は、どうしたらいいかこまったというようにしばらくきょろきょろしていましたが、とうとうみんないちどに森《もり》のもっとおくの方《ほう》へにげていきました。

そこでみんなは、子《こ》どもらの手《て》をひいて、森《もり》をでようとしました。すると森《もり》のおくの方《ほう》で狼《オイノ》どもが、

「わるく思《おも》わないでけろ。くりだのきのこだの、うんとごちそうしたぞ。」とさけぶのがきこえました。みんなはうちに帰《かえ》ってからあわもちをこしらえてお礼《れい》に狼森《オイノもり》へおいてきました。

春《はる》になりました。そして子《こ》どもが十一人《にん》になりました。馬《うま》が二ひききました。畑《はたけ》には、草《くさ》やくさった木《こ》の葉《は》が、馬《うま》の肥《こえ》といっしょにはいりましたので、あわやひえはまっさおにのびました。

そして実《み》もよくとれたのです。秋《あき》のすえのみんなのよろこびようといったらありませんでした。

ところが、あるしもばしらのたったつめたい朝《あさ》でした。

みんなは、ことしも野原《のはら》をおこして、畑《はたけ》をひろげていましたので、その朝《あさ》も仕事《しごと》にでよ

うとして農具《のうぐ》をさがしますと、どこのうちにも山刀《なた》も三本鍬《さんぼんぐわ》も唐鍬《とうぐわ》も一つもありませんでした。

みんなは一生《いっしょう》けんめいそこらをさがしましたが、どうしても見《み》つかりませんでした。それでしかたなく、めいめいすきな方《ほう》へむいて、いっしょにたかくさけびました。

「おらの道具《どうぐ》しらないかあ。」

「しらないぞお。」と森《もり》はいっぺんにこたえました。

「さがしにゆくぞお。」とみんなはさけびました。

「こお。」と森《もり》はいっせいにこたえました。

みんなは、こんどはなんにももたないで、ぞろぞろ森《もり》の方《ほう》へいきました。はじめはまずいちばん近《ちか》い狼森《オイノもり》にいきました。

すると、すぐ狼《オイノ》が九《く》ひきでてきて、みんなまじめな顔《かお》をして、手《て》をせわしくふっていいました。

「ない、ない、けっしてない、ない。ほかをさがしてなかったら、もういっぺんおいで。」

みんなは、もっともだと思《おも》って、それから西《にし》の方《ほう》の笊森《ざるもり》にいきました。そしてだんだん森《もり》のおくへはいっていきますと、一本《ぽん》の古《ふる》いかしわの木《き》の下《した》に、木《き》のえだであんだ大《おお》きな笊《ざる》がふせてありました。

「こいつはどうもあやしいぞ。笊森《ざるもり》の笊《ざる》はもっともだが、中《なか》にはなにがあるかわからない。一つあけてみよう。」といいながらそれをあけてみますと、中《なか》にはなくなった農具《のうぐ》が九つとも、ちゃんとはいっていました。

それどころではなく、まんなかには、黄金色《きんいろ》の目《め》をした、顔《かお》のまっかな山男《やまおとこ》が、あぐらをかいてすわっていました。そしてみんなを見《み》ると、大《おお》きな口《くち》をあけてバアといいました。

子《こ》どもらはさけんでにげだそうとしましたが、おとなはびくともしないで、声《こえ》をそろえていいました。

「山男《やまおとこ》、これからいたずらやめてけろよ。くれぐれたのむぞ、これからいたずらやめでけろよ。」

山男《やまおとこ》は、たいへん恐縮《きょうしゅく》したように、頭《あたま》をかいて立《た》っておりました。みんなはてんでに、自分《じぶん》の農具《のうぐ》をとって、森《もり》をでていこうとしました。

するとと森《もり》の中《なか》で、さっきの山男《やまおとこ》が、

「おらさもあわもちもってきてけろよ。」とさけんでくるりとむこうをむいて、手《て》で頭《あたま》をかくして、森《もり》のもっとおくの方《ほう》へ走《はし》ってゆきました。

みんなはあっはあっはとわらって、うちへ帰《かえ》りました。そしてまたあわもちをこしらえて、狼森《オイノもり》と笊森《ざるもり》にもっていっておいてきました。

つぎの年《とし》の夏《なつ》になりました。たいらなところはもうみんな畑《はたけ》です。うちには木小屋《きごや》がついたり、大《おお》きな納屋《なや》ができたりしました。

それから馬《うま》も三びきになりました。その秋《あき》のとりいれのみんなのよろこびは、とてもたいへんなものでした。

ことしこそは、どんな大《おお》きなあわもちをこさえても、だいじょうぶだと思《おも》ったのです。

そこで、やっぱりふしぎなことがおこりました。

ある霜《しも》のいちめんにおいた朝納屋《あさなや》のなかのあわが、みんななくなっていました。みんなはまるで気《き》が気《き》でなく、一生《いっしょう》けんめい、そのへんをかけまわりましたが、どこにもあわは、一《ひと》つぶもこぼれていませんでした。

みんなはがっかりして、てんでにすきな方《ほう》へむいてさけびました。

「おらのあわしらないかあ。」

「しらないぞお。」森《もり》はいっぺんにこたえました。

「さがしにいくぞ。」とみんなはさけびました。

「こお。」と森《もり》はいっせいにこたえました。

みんなは、てんでにすきなえものをもって、まず手近《てぢか》の狼森《オイノもり》にいきました。

狼《オイノ》どもは九ひきとももうでて待《ま》っていました。そしてみんなを見《み》て、フッとわらっていいました。

「きょうもあわもちだ。ここにはあわなんかない、ない、けっしてない。ほかをさがしてもなかったらまたここへおいで。」

みんなはもっともと思《おも》って、そこをひきあげて、こんどは笊森《ざるもり》へいきました。

すると赤《あか》つらの山男《やまおとこ》は、もう森《もり》の入《い》り口《ぐち》にでていて、にやにやわらっていいました。

「あわもちだ。あわもちだ。おらはなってもとらないよ。あわをさがすなら、もっと北《きた》にいってみたらよかべ。」

そこでみんなは、もっともだと思《おも》って、こんどは北《きた》の黒坂森《くろさかもり》、すなわちこのはなしをわたくしにきかせた森《もり》の、入《い》り口《ぐち》にきていいました。

「あわを返《かえ》してけろ。あわを返《かえ》してけろ。」

黒坂森《くろさかもり》は形《かたち》をださないで、声《こえ》だけでこたえました。

「おれはあけがた、まっ黒《くろ》な大《おお》きな足《あし》が、空《そら》を北《きた》へとんでいくのを見《み》た。もうすこし北《きた》の方《ほう》へいってみろ。」そしてあわもちのことなどは、ひとこともいわなかったそうです。そしてまったくそのとおりだったろうとわたくしも思《おも》います。なぜなら、この森《もり》がわたくしへこのはなしをしたあとで、わたくしはさいふからありっきりの銅貨《どうか》を七銭《せん》だして、お礼《れい》にやったのでしたが、この森《もり》はなかなか受《う》けとりませんでした。このくらい気性《きしょう》がさっぱりとしていますから。

さてみんなは黒坂森《くろさかもり》のいうことがもっともだと思《おも》って、もうすこし北《きた》へいきました。

それこそは、松《まつ》のまっ黒《くろ》な盗森《ぬすともり》でした。ですからみんなも、

「名《な》からしてぬすとくさい。」といいながら、森《もり》へはいっていって、「さあ、あわ返《かえ》せ。あ

わ返《かえ》せ。」とどなりました。

するとと森《もり》のおくから、まっ黒《くろ》な手《て》の長《なが》い大《おお》きな男《おとこ》がでてきて、まるでさけるような声《こえ》でいいました。

「なんだと。おれをぬすとだと。そういうやつは、みんなたたきつぶしてやるぞ。ぜんたいなんのしょうこがあるんだ。」

「証人《しょうにん》がある。証人《しょうにん》がある。」とみんなはこたえました。

「だれだ。ちくしょう、そんなこというやつはだれだ。」と盗森《ぬすともり》はほえました。

「黒坂森《くろさかもり》だ。」と、みんなも負《ま》けずにさけびました。

「あいつのいうことはてんであてにならん。ならん。ならん。ならんぞ。ちくしょう。」と盗森《ぬすともり》はどなりました。

みんなももっともだと思《おも》ったり、おそろしくなったりしておたがいに顔《かお》を見合《みあ》わせてにげだそうとしました。

するとにわかに頭《あたま》の上《うえ》で、

「いやいや、それはならん。」というはっきりしたおごそかな声《こえ》がしました。

見《み》るとそれは、銀《ぎん》のかんむりをかぶった岩手山《いわてさん》でした。盗森《ぬすともり》の黒《くろ》い男《おとこ》は、頭《あたま》をかかえて地《ち》にたおれました。

岩手山《いわてさん》はしずかにいいました。

「ぬすとはたしかに盗森《ぬすともり》にそういない。おれはあけがた、東《ひがし》の空《そら》のひかりと、西《にし》の月《つき》のあかりとで、たしかにそれを見《み》とどけた。しかしみんなももう帰《かえ》ってよかろう。あわはきっと返《かえ》させよう。だからわるく思《おも》わんでおけ。いったい盗森《ぬすともり》は、じぶんであわもちをこさえてみたくてたまらなかったのだ。それであわもぬすんできたのだ。はっはっは。」

そして岩手山《いわてさん》は、またすましてそらをむきました。男《おとこ》はもうそのへんに見《み》えませんでした。

みんなはあっけにとられてがやがや家《うち》に帰《かえ》ってみましたら、あわはちゃんと納屋《なや》にもどっていました。そこでみんなは、わらってあわもちをこしらえて、四《よ》つの森《もり》にもっていきました。

なかでも盗森《ぬすともり》には、いちばんたくさんもっていきました。そのかわりすこし砂《すな》がはいっていたそうですが、それはどうもしかたなかったことでしょう。

さてそれから森《もり》もすっかりみんなの友《とも》だちでした。そして毎年《まいねん》、冬《ふゆ》のはじめにはきっとあわもちをもらいました。

しかしそのあわもちも、時節《じせつ》がら、ずいぶん小《ちい》さくなったが、これもどうもしかたがないと、黒坂森《くろさかもり》のまん中《なか》のまっくろな大《おお》きな岩《いわ》がおしまいにいっていました。

解《かい》説《せつ》…宮沢賢治《みやざわけんじ》の人《ひと》と作品《さくひん》

保《やす》永《なが》貞《さだ》夫《お》
（児童文学者《じどうぶんがくしゃ》）

野《の》の詩《し》人《じん》

宮沢賢治《みやざわけんじ》という人《ひと》を知《し》っていますか。

その人《ひと》は、左肩《ひだりかた》をすこしあげ、右手《みぎて》をふって、ホーホー、ホーとさけびながら、野《の》の道《みち》をシュッシュッと歩《ある》いていました。そして、ときどき立《た》ちどまり、雲《くも》や、風《かぜ》や、山《やま》や、森《もり》や、鳥《とり》や、田畑《たはた》とあいさつをかわしながら、ポケットから手帳《てちょう》を出《だ》し、いつも首《くび》からさげている黒《くろ》いひものついた銀《ぎん》のシャープペンシルで、詩《し》を書《か》きつけていました。

——ある教《おし》え子《ご》の目《め》にうつった、若《わか》い日《ひ》の宮沢賢治《みやざわけんじ》のすがたです。

宮沢賢治《みやざわけんじ》は、野《の》の詩人《しじん》でした。しかし、それはただ自然《しぜん》のすがたをうたうのではなく、科学者《かがくしゃ》の目《め》で自然《しぜん》を観察《かんさつ》し、自然《しぜん》と対話《たいわ》しながら、宗教者《しゅうきょうしゃ》の心《こころ》で農民《のうみん》と世界《せかい》を考《かんが》え、その思想《しそう》を身《み》をもって実行《じっこう》した詩人《しじん》です。

この本《ほん》は、そうした詩人《しじん》が書《か》いた童話《どうわ》を集《あつ》めたものです。

宮沢賢治《みやざわけんじ》は、三十八歳《さい》の短《みじか》い生涯《しょうがい》のあいだに、一冊《さつ》の詩集《ししゅう》「春《はる》と修羅《しゅら》」と、一冊《さつ》の童話集《どうわしゅう》「注文《ちゅうもん》の多《おお》い料理店《りょうりてん》」を出《だ》しただけでした。けれど、それも中央《ちゅうおう》の詩壇《しだん》や児童文学界《じどうぶんがくかい》ではほとんどみとめられず、遠《とお》い東北地方《とうほくちほう》の片《かた》すみで、わずかに光《ひか》っている雲《くも》や草《くさ》のように思《おも》われていただけでした。

ところが、賢治《けんじ》が死《し》んだあと、たいへんな数《かず》の作品《さくひん》がのこされていることがわかり、それが発表《ぴょう》されると、人々《ひとびと》はいまさらのように、その作品《さくひん》のもつふしぎな魅力《みりょく》と輝《かがや》きにおどろきの目《め》を見《み》はりました。それらは、いままでの日本《にっぽん》にはなかった詩《し》であり、童話《どうわ》でした。

では、宮沢賢治《みやざわけんじ》とは、どういう人《ひと》なのでしょうか。その詩《し》や童話《どうわ》の秘密《ひみつ》はなんなのでしょうか。

精《せい》神《しん》の輝《かがや》き

宮沢賢治《みやざわけんじ》は、一八九六（明治《めいじ》二十九）年《ねん》、岩手県花巻《いわてけんはなまき》に生《う》まれ、一九三三（昭和《しょうわ》八）年《ねん》、同《おな》じ花巻《はなまき》でなくなりました。

宮沢家《みやざわけ》は質屋《しちや》と古着商《ふるぎしょう》をいとなみ、花巻《はなまき》では指《ゆび》おりの財産家《ざいさんか》でした。父《ちち》の政次郎《まさじろう》はてがたく、しっかりした性格《せいかく》で、熱心《ねっしん》な仏教信者《ぶっきょうしんじゃ》でした。母《はは》のイチは他人《たにん》への思《おも》いやりが深《ふか》く、ユーモアに富《と》んでいました。

この家庭《かてい》の環境《かんきょう》は、宮沢賢治《みやざわけんじ》の詩《し》と童話《どうわ》を理解《りかい》するうえで、たいせつな問題《もんだい》をふくんでいます。

もう一つ、賢治《けんじ》の生《う》まれた年《とし》には、三陸海岸《さんりくかいがん》の大《おお》つなみ、北上川《きたかみがわ》のはんらんなどの天災《てんさい》があいついでおこりました。とくに賢治《けんじ》が七歳《さい》の一九〇二（明治《めいじ》三十五）年《ねん》、東北地方《とうほくちほう》は冷害《れいがい》によるひどい凶作《きょうさく》で、人々《ひとびと》は干葉《ひば》がゆ、ならの実《み》もち、わらび、あざみの葉《は》などで、かろうじて飢《う》えをしのぐありさまでした。そして、その後《ご》も東北地方《とうほくちほう》はたびたび、このような天災《てんさい》にみまわれ、農民《のうみん》たちを苦《くる》しめました。

また、賢治《けんじ》は四歳《さい》ごろから、家《いえ》の人《ひと》が朝夕《あさゆう》にとなえる「正信偈《しょうしんげ》」（親鸞《しんらん》）や「白骨《はっこつ》の御文章《ごぶんしょう》」（蓮如《れんにょ》）を聞《き》きおぼえ、家族《かぞく》といっしょに仏壇《ぶつだん》の前《まえ》にすわって暗誦《あんしょう》しました。

こうした体験《たいけん》は、賢治《けんじ》が東北《とうほく》のきびしい自然風土《しぜんふうど》に生《い》きる農民《のうみん》たちが、どうしたら幸福《こうふく》になれるかを、科学《かがく》・芸術《げいじゅつ》・宗教《しゅうきょう》を通《とお》して追求《ついきゅう》していくパン種《だね》になっています。

賢治《けんじ》の詩《し》と童話《どうわ》は、その追求《ついきゅう》の過程《かてい》で生《う》まれた、賢治《けんじ》のことばをかりれば、「心象《しんしょう》スケッチ」――つまり、感覚《かんかく》が心《こころ》の中《なか》にえがくイメージです。ですから、賢治童話《けんじどうわ》は完成《かんせい》した形《かたち》のものは、わずかしかありません。賢治《けんじ》が死《し》ぬまぎわまで作品《さくひん》を何度《なんど》も書《か》きなおしているのは、このためです。このことも、賢治《けんじ》の詩《し》と童話《どうわ》を理解《りかい》するためのたいせつなことの一つです。

しかし、未完成《みかんせい》のものが多《おお》いとはいえ、その作品《さくひん》のもつ精神《せいしん》の輝《かがや》きは、どうでしょう。その輝《かがや》きはやがて、「世界《せかい》がぜんたい幸福《こうふく》にならないうちは個人《こじん》の幸福《こうふく》はあり得《え》ない」（「農民芸術論綱要《のうみんげいじゅつろんこうよう》」）ということばや、有名《ゆうめい》な「雨《あめ》ニモマケズ」の詩《し》へと発展《はってん》していくのです。

イーハトヴの自然《しぜん》から

宮沢賢治《みやざわけんじ》は、岩手県《いわてけん》をイーハトヴとよび、そこを心象《しんしょう》の中《なか》のドリームランド（夢《ゆめ》の国《くに》）といいました。賢治童話《けんじどうわ》は、そのイーハトヴの自然《しぜん》から生《う》まれた夢《ゆめ》といってよいでしょう。

では、この巻《かん》の作品《さくひん》について、かんたんに説明《せつめい》します。

注文《ちゅうもん》の多《おお》い料理店《りょうりてん》――賢治童話《けんじどうわ》の中《なか》だけでなく、日本童話《にほんどうわ》の傑作《けっさく》の一つ。身《み》がってな都会《とかい》のハンターに、山《やま》ねこがふくしゅうするストーリーの中《なか》に、作者《さくしゃ》のするどい批判《ひはん》がこめられています。

鳥箱先生《とりばこせんせい》とフウねずみ・ツェねずみ・クンねずみ――とにかく、このゆかいなユーモアをみてください。賢治《けんじ》はイソップ寓話《ぐうわ》とはちがった、新《あたら》しい近代寓話《きんだいぐうわ》をめざして、さまざまな動物《どうぶつ》を主人公《しゅじんこう》にした童話《どうわ》を書《か》きました。この三編《ぺん》は、ねずみを主人公《しゅじんこう》に、思《おも》わずわらいだすほど。あまり知《し》られていない賢治童話《けんじどうわ》の一面《いちめん》をのぞかせています。

ありときのこ――「朝《あさ》についての童話的構図《どうわてきこうず》」という題《だい》で発表《はっぴょう》されたもの。白《しろ》い、家《いえ》だか山《やま》だかわからない、ふしぎなものを発見《はっけん》した、ありたちのおどろき。それはきのこがはえたのだとわかったおかしみが、ありの目《め》の高《たか》さからえがかれています。新鮮《しんせん》なスケッチ。

やまなし――やまなしは、ずみという木《き》で、秋《あき》に黄色《きいろ》がかった赤色《あかいろ》のたまご形《がた》の実《み》をつけます。小《ちい》さな谷川《たにがわ》の底《そこ》で、あわのふきっこをしている子《こ》がに兄弟《きょうだい》の目《め》の高《たか》さから見《み》た、季節《きせつ》のうつりかわりと、おとずれる魚《さかな》と花《はな》びらと、かわせみとやまなし。とくに水中《すいちゅう》の光《ひかり》の変化《へんか》が影絵《かげえ》のような美《うつく》しさです。

めくらぶどうと虹《にじ》――めくらぶどうは、野《の》ぶどうのことです。広《ひろ》く高《たか》い空《そら》にかかる虹《にじ》をうやまうめくらぶどうの気持《きも》ちは、そのまま人間《にんげん》が至高《しこう》なもの――神《かみ》や仏《ほとけ》をうやまう心《こころ》に通《つう》じはしないでしょうか。

いちょうの実《み》――いちょうの木《き》を母親《ははおや》、実《み》のぎんなんを子《こ》どもにみたてています。これを擬人化《ぎじんか》といいますが、北風《きたかぜ》にふかれて、いっせいに人生《じんせい》への旅《たび》だちをする子《こ》どもたちの未来《みらい》への希望《きぼう》と不安《ふあん》が、みごとな自然描写《しぜんびょうしゃ》とともにえがかれています。

まなづるとダァリヤ――花《はな》の女王《じょおう》になりたいと、おごりたかぶっている赤《あか》いダリア。つつましくさいている白《しろ》いダリア。その白《しろ》いダリアを美《うつく》しいと思《おも》うまなづる。みなさんの学校《がっこう》の友《とも》だちの中《なか》にも、こんな人《ひと》がいそうな気《き》がしませんか。

月夜《つきよ》のけだもの――青白《あおじろ》い月夜《つきよ》に、動物園《どうぶつえん》のしし（ライオン）のおりの前《まえ》のベンチにすわった作者《さくしゃ》は、なにを見《み》たでしょうか。舞台《ぶたい》はたちまち野原《のはら》にかわり、しろくま・たぬき・きつね・ぞうがつぎつぎに登場《とうじょう》し、ユーモラスな場面《ばめん》をくりひろげます。ファンタジー童話《どうわ》のおもしろさ。

おきなぐさ――おきなぐさは、花《はな》と種子《しゅし》にふさふさした白《しろ》い毛《け》がつき、それが老人《ろうじん》のしらがかあごひげのようなので、その名《な》がつきました。春《はる》、野山《のやま》の日《ひ》あたりのよい草原《くさはら》にさきます。

雪渡《ゆきわた》り――いつもは歩《ある》けない畑《はたけ》や野原《のはら》も、雪《ゆき》がふるといちめんの銀世界《ぎんせかい》になり、へいきで歩《ある》けるようになることを雪渡《ゆきわた》りといいます。「かた雪《ゆき》かんこ、しみ雪《ゆき》しんこ」のわらべ歌《うた》と、「キックキックトントン」の足《あし》ぶみのリズム。幻灯会《げんとうかい》にまねかれた人間《にんげん》の兄《あに》と妹《いもうと》と、かわいいきつねたちがたがいに反省《はんせい》するさまが、雪《ゆき》の夜《よ》のまぼろしのようです。ファンタジー童話《どうわ》の美《うつく》しさ。

シグナルとシグナレス――一九二三（大正十二《たいしょう》）年《ねん》、岩手毎日新聞《いわてまいにちしんぶん》に連載《れんさい》したもの。花巻《はなまき》から遠野《とおの》へ、北上川《きたかみがわ》の高《たか》い鉄橋《てっきょう》を走《はし》る軽便鉄道《けいべんてつどう》は、賢治《けんじ》の想像《そうぞう》をかきたて、多《おお》くの作品《さくひん》をつくりました。名作《めいさく》「銀河鉄道《ぎんがてつどう》の夜《よる》」の着想《ちゃくそう》もその一つです。この童話《どうわ》はガタンコガタンコという車輪《しゃりん》のリズムにあわせ、全編《ぜんぺん》リズミカルな文体《ぶんたい》で、シグナルとシグナレスのかれんな恋《こい》と、はかない夢《ゆめ》が語《かた》られます。

狼森《オイノもり》と笊森《ざるもり》、盗森《ぬすともり》――小岩井農場《こいわいのうじょう》の北方《ほっぽう》にじっさいにある森《もり》の名《な》まえです。東北地方《とうほくちほう》では小《ちい》さい山《やま》を森《もり》とよぶことが多《おお》く、これは人間《にんげん》と森《もり》（山《やま》）との原始的《げんしてき》なかかわりがテーマです。

巻頭《かんとう》の「星《ほし》めぐりの歌《うた》」は、童話《どうわ》「ふたごの星《ほし》」の中《なか》の詩《し》です。賢治自身《けんじじしん》が作曲《さっきょく》していますが、賢治《けんじ》はセロを習《なら》うなど音楽《おんがく》を愛《あい》し、ほかにも「花巻農学校精神歌《はなまきのうがっこうせいしんか》」「種山ケ原《たねやまはら》」などを作詞《さくし》作曲《さっきょく》しています。この巻《かん》は、いわば賢治童話《けんじどうわ》にしたしむ最初《さいしょ》の手《て》がかりになる作品《さくひん》をえらんでいます。読者《どくしゃ》のみなさんは、つづいて出《で》る「風《かぜ》の又三郎《またさぶろう》」「銀河鉄道《ぎんがてつどう》の夜《よる》」へと読《よ》みすすんでくださるよう希望《きぼう》します。

(注《ちゅう》) 本文《ほんぶん》は、新《しん》かなづかい、現代表記《げんだいひょうき》に改《あらた》め、いちぶ漢字《かんじ》をひらがなにし、誤読《ごどく》のおそれのある部分《ぶぶん》には読点《とうてん》をいれました。

＊著者紹介

宮沢賢治《みやざわけんじ》

1896年，岩手県花巻に生まれる。盛岡中学校を経て，盛岡高等農林学校を卒業。中学時代から短歌・詩をつくり数多くの童話を書く。1924年，詩集「春と修羅」を自費出版。同年，童話集「注文の多い料理店」を刊行。1926年，羅須地人協会をつくり，東北のきびしい自然風土の中の農村向上のためにつくす。1933年，37歳で花巻で死去。おもな作品には「風の又三郎」「銀河鉄道の夜」「セロひきのゴーシュ」などがある。

＊画家紹介

太田大八《おおただいはち》

1918年12月28日生まれ。長崎県出身。多摩美術学校卒。1958年「いたずらうさぎ」（福音館書店）ほかで小学館絵画賞，1980年「絵本玉虫厨子の物語」（童心社），1992年「だいちゃんとうみ」（福音館書店）で絵本にっぽん賞を受賞など，日本を代表する画家。「こどもの本WAVE」の名誉代表。

講談社 青い鳥文庫　88-5

注文《ちゅうもん》の多《おお》い料理店《りょうりてん》 新装版《しんそうばん》
——宮沢賢治童話集《みやざわけんじどうわしゅう》1——
宮沢賢治《みやざわけんじ》

2008年10月15日 第1刷発行

（定価はカバーに表示してあります。）

発行者 野間佐和子

発行所 株式会社講談社

東京都文京区音羽2-12-21 郵便番号112-8001

電話 出版部 (03) 5395-3536
販売部 (03) 5395-3625
業務部 (03) 5395-3615

N.D.C.913　218p　18cm

装　丁 久住和代

印　刷 図書印刷株式会社

製　本 図書印刷株式会社

本文データ制作 講談社プリプレス管理部

ISBN978-4-06-285049-0

（落丁本・乱丁本は，購入書店名を明記のうえ，講談社業務部
あてにお送りください。送料小社負担にておとりかえします。）

■この本についてのお問い合わせは，講談社児童局
「青い鳥文庫」係にご連絡ください。

おもしろい話がいっぱい！

コロボックル物語

- だれも知らない小さな国　佐藤さとる
- 豆つぶほどの小さないぬ　佐藤さとる
- 星からおちた小さな人　佐藤さとる
- ふしぎな目をした男の子　佐藤さとる
- 小さな国のつづきの話　佐藤さとる
- コロボックル童話集　佐藤さとる
- 小さな人のむかしの話　佐藤さとる

モモちゃんとアカネちゃんの本

- ちいさいモモちゃん　松谷みよ子
- モモちゃんとプー　松谷みよ子
- モモちゃんとアカネちゃん　松谷みよ子
- ちいさいアカネちゃん　松谷みよ子
- アカネちゃんとお客さんのパパ　松谷みよ子
- アカネちゃんのなみだの海　松谷みよ子
- 龍の子太郎　松谷みよ子
- ふたりのイーダ　松谷みよ子

クレヨン王国シリーズ

- クレヨン王国の十二か月　福永令三
- クレヨン王国の花ウサギ　福永令三
- クレヨン王国　いちご村　福永令三
- クレヨン王国　月のたまご(1)～(8)　福永令三
- クレヨン王国の四土神　福永令三
- クレヨン王国　道草物語　福永令三
- クレヨン王国　幾山河を越えて　福永令三
- クレヨン王国　月のたまご　完結編　福永令三
- クレヨン王国　新十二か月の旅　福永令三
- クレヨン王国　シルバー王妃花の旅　福永令三
- クレヨン王国　しっぽ売りの妖精　福永令三
- クレヨン王国スペシャル　夢のアルバム　福永令三
- 新クレヨン王国　千年桜五人姉妹　福永令三
- その後のクレヨン王国　福永令三

- 宇宙人のしゅくだい　小松左京
- ショートショート傑作選　おーいでてこーい　星　新一
- ショートショート傑作選2　ひとつの装置　星　新一

- ふしぎなおばあちゃん×12　柏葉幸子
- りんご畑の特別列車　柏葉幸子
- かくれ家は空の上　柏葉幸子
- 霧のむこうのふしぎな町　新装版　柏葉幸子

- 地下室からのふしぎな旅　新装版　柏葉幸子
- 天井うらのふしぎな友だち　新装版　柏葉幸子
- キャプテンはつらいぜ　後藤竜二
- キャプテン、らくにいこうぜ　後藤竜二
- キャプテンがんばる　後藤竜二
- アイシテル物語(1)～(8)　かしわ　哲
- 少年H(上)(下)　妹尾河童
- ニライカナイの空で　上野哲也
- ユタとふしぎな仲間たち　三浦哲郎
- カブトムシ大戦　巻　左千夫

講談社　青い鳥文庫

日本の名作

- 源氏物語　紫式部
- 平家物語　高野正巳
- 八犬伝　滝沢馬琴
- 耳なし芳一・雪女　小泉八雲
- 坊っちゃん　夏目漱石
- 吾輩は猫である(上)(下)　夏目漱石
- くもの糸・杜子春　芥川龍之介
- 次郎物語(上)(下)　下村湖人
- 宮沢賢治童話集1 注文の多い料理店　宮沢賢治
- 宮沢賢治童話集2 風の又三郎　宮沢賢治
- 宮沢賢治童話集3 銀河鉄道の夜　宮沢賢治
- つるのよめさま 日本のむかし話①23話　松谷みよ子
- 走れメロス　太宰治
- 二十四の瞳　壺井栄
- 怪人二十面相　江戸川乱歩
- ごんぎつね　新美南吉

ノンフィクション

- 川は生きている　富山和子
- 道は生きている　富山和子
- 森は生きている　富山和子
- イルカと海の旅　水口博也
- 犬 イヌはぼくらの友だちだ　畑正憲
- 猫 かわいいネコには謎がある　今泉忠明
- 白旗の少女　比嘉富子
- 窓ぎわのトットちゃん　黒柳徹子
- トットちゃんとトットちゃんたち　黒柳徹子
- 五体不満足　乙武洋匡
- だから、あなたも生きぬいて　大平光代
- 海よりも遠く　白石康次郎(原案)　和智正喜
- しっぽをなくしたイルカ　岩貞るみこ
- 命をつなげ！ドクターヘリ　岩貞るみこ

fシリーズ

SF・ファンタジー
ふしぎがいっぱい！

- 空中都市008　小松左京
- 青い宇宙の冒険　小松左京
- 三丁目が戦争です　筒井康隆
- ポンコツタイムマシン騒動記　石川英輔
- インナーネットの香保里　梶尾真治
- ねらわれた学園　眉村卓
- なぞの転校生　眉村卓
- ねじれた町　眉村卓
- まぼろしのペンフレンド　眉村卓
- 勉強してはいけません！　横田順彌
- 早く寝てはいけません！　横田順彌
- 歯をみがいてはいけません！　横田順彌

- 竜太と青い薔薇(上)(下)　松原秀行
- 竜太と灰の女王(上)(下)　松原秀行
- 百の月 ムーンライト・エクスプレス　名木田恵子
- おかしなおかしな転校生　高井信
- ステラの秘密の宝箱　後藤みわこ
- ジャックの豆の木　後藤みわこ
- アリスの不思議な青い砂　後藤みわこ
- まぼろしの秘密帝国MU(上)(中)(下)　楠木誠一郎

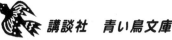

おもしろい話がいっぱい！

世界の物語

- たのしいムーミン一家　ヤンソン
- ムーミン谷の彗星　ヤンソン
- ムーミン谷の夏まつり　ヤンソン
- ムーミン谷の冬　ヤンソン
- ムーミンパパの思い出　ヤンソン
- ムーミン谷の仲間たち　ヤンソン
- ムーミンパパ海へいく　ヤンソン
- ムーミン谷の十一月　ヤンソン
- 小さなトロールと大きな洪水　ヤンソン

- 大きな森の小さな家　ワイルダー
- 大草原の小さな家　ワイルダー
- プラム川の土手で　ワイルダー
- シルバー湖のほとりで　ワイルダー
- 農場の少年　ワイルダー
- 大草原の小さな町　ワイルダー
- この輝かしい日々　ワイルダー
- ギリシア神話　遠藤寛子／文
- 聖書物語〈旧約編・新約編〉　香山彬子／文
- 三国志　羅　貫中
- 水滸伝　施　耐庵
- 西遊記　呉　承恩

- 青い鳥　メーテルリンク
- ニルスのふしぎな旅　ラーゲルレーフ
- 長くつしたのピッピ　リンドグレーン
- ガリバー旅行記　スウィフト
- ふしぎの国のアリス　キャロル
- 鏡の国のアリス　キャロル
- 飛ぶ教室　ケストナー
- あしながおじさん　ウェブスター
- 赤毛のアン　モンゴメリ
- リトル プリンセス　バーネット

- 若草物語　オルコット
- 続・若草物語　オルコット
- アルプスの少女ハイジ　スピリ
- ドラゴンがいっぱい！　ネズビット
- 魔法のベッド　南の島でのぼうけん　ノートン
- 魔法のベッド　過去の世界でのぼうけん　ノートン
- 賢者のおくりもの　オー・ヘンリー傑作選　オー・ヘンリー
- ロミオとジュリエット　シェークスピア物語　シェークスピア
- 子鹿物語　ローリングズ
- 名犬ラッシー　ナイト
- フランダースの犬　ウィーダ
- ああ無情　ユーゴー
- クリスマス キャロル　ディケンズ
- オズの魔法使い　バーム
- 星の王子さま　サン=テグジュペリ

ヘイナとトッスの物語　シリーズ

- 麦わら帽子のヘイナとフェルト靴のトッス　ノポラ
- トルスティは名探偵　ノポラ
- 大きいエルサと大事件　ノポラ
- ヒラメ釣り漂流記　ノポラ

「講談社《こうだんしゃ》 青《あお》い鳥文庫《とりぶんこ》」刊行《かんこう》のことば

太陽《たいよう》と水《みず》と土《つち》のめぐみをうけて、葉《は》をしげらせ、花《はな》をさかせ、実《み》をむすんでいる森《もり》。小《こ》鳥《とり》や、けものや、こん虫《ちゅう》たちが、春《はる》・夏《なつ》・秋《あき》・冬《ふゆ》の生活《せいかつ》のリズムに合《あ》わせてくらしている森《もり》。森《もり》には、かぎりない自然《しぜん》の力《ちから》と、いのちのかがやきがあります。

本《ほん》の世界《せかい》も森《もり》と同《おな》じです。そこには、人間《にんげん》の理想《りそう》や知恵《ちえ》、夢《ゆめ》や楽《たの》しさがいっぱいつまっています。

本《ほん》の森《もり》をおとずれると、チルチルとミチルが「青《あお》い鳥《とり》」を追《お》い求《もと》めた旅《たび》で、さまざまな体験《たいけん》を得《え》たように、みなさんも思《おも》いがけないすばらしい世界《せかい》にめぐりあえて、心《こころ》をゆたかにするにちがいありません。

「講談社《こうだんしゃ》 青《あお》い鳥文庫《とりぶんこ》」は、七十年《ねん》の歴史《れきし》を持《も》つ講談社《こうだんしゃ》が、一人《ひとり》でも多《おお》くの人《ひと》のために、すぐれた作品《さくひん》をよりすぐり、安《やす》い定価《ていか》でおおくりする本《ほん》の森《もり》です。その一さつ一さつが、みなさんにとって、青《あお》い鳥《とり》であることをいのって出版《しゅっぱん》していきます。この森《もり》が美《うつく》しいみどりの葉《は》をしげらせ、あざやかな花《はな》を開《ひら》き、明日《あす》をになうみなさんの心《こころ》のふるさととして、大《おお》きく育《そだ》つよう、応援《おうえん》を願《ねが》っています。

昭和《しょうわ》五十五年《ねん》十一月《がつ》

講談社